PETITS CLASSIQUES
LAROUSSE

Collection fondée par Félix Guirand, Agrégé des Lettres

PIERRE **CORNEILLE**

tragédie

Édition présentée,
annotée et commentée
par
Christiane et Jean HARTWEG

www.petitsclassiques.com

Direction de la collection :
Chantal LAMBRECHTS, avec le concours de Fabien SÉE

Direction éditoriale :
Line KAROUBI

Edition :
Marie-Hélène CHRISTENSEN

Mise au point des textes :
Vincent MORCH

Lecture-correction :
service Lecture-correction Larousse

Direction artistique :
Ulrike MEINDL

Recherche iconographique :
Nathalie LASSERRE

Couverture : Jean-Pierre LABESSE

Responsable de fabrication :
Marlène DELBEKEN

© Larousse / SEJER, Paris, 2004 – ISBN 2-03-588235-4

SOMMAIRE

Avant d'aborder le texte

Cinna
Pierre CORNEILLE

Comment lire l'œuvre

Avant d'aborder le texte

Cinna

Genre : tragédie.

Auteur : Pierre Corneille.

Structure : cinq actes ; le nombre de scènes varie.

Sujet : le titre suggère l'exaltation d'un héros : par amour pour Émilie, Cinna, entouré de conjurés républicains, veut libérer sa patrie d'un souverain tyrannique. Mais l'image du héros se dégrade, la solidarité des conjurés se lézarde car la conspiration est dénoncée. Auguste pardonnera-t-il à Cinna, qu'il considère comme son fils adoptif ? La clémence apparaît d'abord comme un calcul politique ; mais Auguste a trop souffert de la trahison de Cinna pour agir ainsi ; une clémence généreuse fait de lui le véritable héros.

Personnages : le rôle-titre, Cinna, n'occupe que la troisième place, car Auguste « empereur de Rome » et son épouse Livie ont la préséance. Âme de la conjuration, Émilie passe après Cinna et Maxime, qui en sont les « chefs ». Euphorbe, dernier personnage de la liste, provoque la péripétie décisive : c'est lui qui dénonce la conjuration.

Lieu(x) : Rome. La pièce se déroule tantôt dans l'appartement d'Émilie, tantôt dans celui d'Auguste. Corneille revendique l'unité de lieu en rappelant que toute l'action se passe dans le palais d'Auguste.

Époque : c'est le début de l'Empire, qui substitue peu à peu le pouvoir d'un seul, Octave Auguste, à la République. Les annales situent cet épisode en l'an 4 de notre ère.

Première représentation : au théâtre du Marais, dans la saison 1640-1641. Corneille diffère la publication pour des motifs politiques : la clémence est à cette époque une question politique sensible. Le privilège d'impression est accordé le 1er août 1642 et Corneille fait imprimer la pièce à compte d'auteur à Rouen, le 18 janvier 1643.

CINNA

O V

LACLEMENCE

D'AVGVSTE

TRAGEDIE

Horat.———— *cui lecta potenter erit res*
Nec facundia deseret hunc, nec lucidus ordo.

A.Beauchamps

Imprimé à Roüen aux despens de l'Autheur, & se vendent.

A PARIS,

Chez TOVSSAINCT QVINET, au Palais, soubs
la montée de la Cour des Aydes.

M. DC. XLIII.

AVEC PRIVILEGE DV ROY.

PIERRE CORNEILLE
(1606-1684)

Une formation classique

Né à Rouen en 1606, Corneille est issu d'une famille bourgeoise ; c'est l'aîné de six enfants. Il fait chez les Jésuites, excellents latinistes, des études brillantes, sanctionnées par un prix de vers latins. Le jeune Corneille est nourri d'histoire romaine ; il fait ensuite son droit puis devient avocat, conservant sa charge de 1628 à 1648.

Une double carrière

En 1629, Corneille assiste aux représentations données à Rouen par la troupe de Mondory (Guillaume des Gilberts) et lui remet le manuscrit de sa première comédie, *Mélite*. La pièce est aussitôt jouée à Paris et contribue au succès du théâtre du Marais. C'est le début d'une carrière théâtrale, marquée par des comédies d'inspiration baroque, tout entières consacrées aux incertitudes de l'amour : *Clitandre*, *la Veuve*, *la Galerie du Palais*, *la Suivante*, *la Place royale*. *L'Illusion comique* vient couronner cette période : délibérément baroque, elle associe passion amoureuse et passion du théâtre, et mêle farce, comédie et tragédie.

Les grandes tragédies

D'abord proche de l'inspiration baroque, *le Cid* (janvier 1637) se présente comme une « tragi-comédie ». C'est un triomphe ; mais les « doctes » déclenchent la « querelle du *Cid* », reprochant à Corneille ses irrégularités. Très affecté, ce dernier cesse d'écrire pendant deux ans et veut montrer dans les tragédies suivantes qu'il sait respecter les règles d'une dramaturgie* classique en voie de constitution : *Horace* est représenté en mars 1640 par la troupe du Marais, *Cinna*, par la même troupe, dans l'année 1641, puis *Polyeucte* dans l'hiver 1642-1643.

Expériences théâtrales

Auteur consacré, pensionné par Mazarin depuis novembre 1643, Corneille multiplie les innovations : après la tragé-die sacrée de *Polyeucte*, il revient à la comédie avec *le Menteur* (1644), annonce le mélodrame avec *Rodogune* (1645), invente la pièce « implexe » (embrouillée) avec les intrigues enchevêtrées d'*Héraclius*, dernière pièce jouée au Marais (1647). Il est reçu cette année-là à l'Académie française.

Vicissitudes

À la fin de la Fronde (janvier 1650), comme le laissait pré-voir sa défense de la monarchie dans *Cinna*, Corneille est nommé procureur des États de Normandie ; il ne le sera que pendant onze mois. Soutenu par Mazarin, Corneille sacrifie au goût du jour en faisant représenter dans la vaste salle du Petit-Bourbon une « pièce à machines* », *Andromède*, en collaboration avec un célèbre décorateur vénitien, Torelli. L'année suivante (1651), il fait jouer deux tragédies à l'hôtel de Bourgogne : une tragédie profane, *Nicomède*, et une tra-gédie sacrée, *Pertharite* ; *Nicomède*, pièce politique, est un triomphe ; *Pertharite* est un échec. Il abandonne alors la scène pendant huit ans. En 1659, le succès d'*Œdipe* récom-pense une nouvelle fois sa volonté de renouvellement. Abordant le célèbre mythe grec après Sophocle et Sénèque, Corneille déclare fièrement : « J'ai pris une autre route que la leur ».

L'heure du bilan

En 1660, Corneille regroupe vingt-trois pièces dans une édition en trois volumes : c'est l'occasion de revenir sur quarante ans de création dramatique* dans des *Examens* qu'il place en tête de chaque pièce et qui sont autant de relectures à la lumière de l'esthétique classique. Il couronne le tout par trois *Discours* sur l'art dramatique. Ces discours s'intitulent *De l'utilité et des parties du poème dramatique, De la tragédie et des moyens de la traiter selon le vraisemblable ou le nécessaire, Des trois unités d'action, de temps, de lieu.* C'est une réflexion approfondie sur la *Poétique* d'Aristote, capitale pour comprendre la dramaturgie de Corneille. *Cinna* y est donné en exemple à propos de la liaison des scènes.

À partir de 1664, le génie dramatique de Corneille se heurte à la vogue grandissante de Racine : *la Thébaïde* est jouée en 1664, l'année où *Othon*, de Corneille, connaît à Fontainebleau un succès très relatif. Une épigramme de Boileau tourne en dérision *Agésilas* (1666) et *Attila* (1667) : c'est l'année où Racine triomphe avec *Andromaque*. En 1670, *Bérénice*, de Racine, jouée à l'hôtel de Bourgogne, l'emporte sur *Tite et Bérénice*, pièce montée par Molière. La beauté des vers de *Suréna* (1674) ne convainc plus un public conquis par Racine. En 1675, le roi n'assiste pas à la reprise de *Cinna.* Corneille abandonne la scène et perd sa pension royale, qui ne lui sera plus versée qu'un an avant sa mort. Mais ses pièces sont traduites, adaptées, notamment à l'opéra, et souvent représentées. La onzième et dernière édition de ses œuvres en quatre volumes paraît en 1682 : elle regroupe trente-deux pièces de théâtre.

Page de titre du tome 1 du Théâtre de Pierre Corneille, *1664.*

Cadre historique et politique

Louis XIII a neuf ans lorsque la mort de son père Henri IV le place sur le trône. Au moment où lui-même obtient un héritier, en 1638, cela fait déjà des années qu'il partage le pouvoir avec Richelieu. Celui-ci fut d'abord l'homme de confiance de Marie de Médicis, qui l'a introduit au conseil du roi en 1624, puis son rival victorieux. À l'issue d'une révolution de palais, le 10 novembre 1630, Marie de Médicis quitte Paris, puis la France, et laisse Richelieu maître de l'État.

Ce pouvoir, plus étendu qu'il ne l'a jamais été, se présente comme exercé au nom d'un roi dont Richelieu théorise l'absolutisme dans ses *Mémoires* : le roi est « la vivante image de divinité » ; « les fils, frères et parents du roi sont sujets aux lois comme les autres ». En effet, Richelieu a dû se battre contre le frère cadet de Louis XIII, Gaston d'Orléans, qui ne cessait de comploter contre lui avec des nobles qu'il dénonçait ensuite et menait à leur perte. Le dernier épisode a été raconté par Vigny dans *Cinq-Mars* : le héros et son ami de Thou ont été décapités en 1642, peu après la création de *Cinna*. Le premier épisode est la conjuration du comte de Chalais en 1626. Né Henri de Talleyrand, celui-ci conspire une première fois contre Richelieu pour l'amour de la duchesse de Chevreuse ; il obtient sa grâce en dénonçant ses complices, mais il récidive et il est exécuté à Nantes en 1626 après avoir été trahi par Gaston d'Orléans. L'amour de Cinna pour Émilie peut avoir été inspiré par les menées politiques et amoureuses de la duchesse de Chevreuse, maîtresse de nombreux et turbulents aristocrates.

Ces péripéties romanesques expriment confusément les frustrations qui sont à l'origine de la Fronde aristocratique de 1648. À l'absolutisme naissant s'oppose une noblesse arrogante. Cette noblesse s'appuie sur la mémoire de la Rome républicaine, sur le souvenir des grandes familles patriciennes de l'Antiquité. Le texte de *Cinna* est encadré par la mention du « sang du grand Pompée », dont Cinna est issu, et l'énumération des familles patriciennes qui ont trempé dans la conjuration (acte V, scène 1, vers 1535-1536) : « Les Serviliens, / Les Cosses, les Métels, les Pauls, les Fabiens ». Lorsque Auguste énumère de façon méprisante les complices de Cinna (vers 1489-1490) « Procule, Glabrion, Virginian, Rutile, / Marcel, Plaute, Lénas, Pompone, Albin, Icile, / Maxime », la liste ressemble à celles que Richelieu devait faire défiler.

La rigueur, allant jusqu'aux exécutions capitales en public, pouvait s'expliquer par la crainte d'un mécontentement populaire lié à la famine, endémique en 1637, et à la peste, qui tue 17 000 personnes à Rouen vers 1650. La révolte des « Va-nu-pieds » en 1639 est liée à la difficulté de payer les taxes, en particulier la taille, perçues de façon plus contraignante en période de crise économique. C'est l'époque où saint Vincent de Paul, aumônier des galériens depuis 1622, crée la congrégation des Filles de la Charité (1633) puis, en 1638, l'œuvre des Enfants trouvés.

Cadre idéologique

Le cadre dans lequel s'inscrit le drame de *Cinna* est la relation de duel entre une féodalité dominatrice et un souverain qui prétend affirmer définitivement son pouvoir absolu.

Au début du *Cid* (janvier 1637), le comte don Gormas, quelque peu matamore*, affirme à propos du roi de Castille : « Et ma tête en tombant ferait choir sa couronne ». Le pouvoir royal « n'est qu'un fantasme au regard de la gloire féodale », écrit Bernard Dort dans *Corneille dramaturge* (1957). Le roi apparaît, dans cette perspective, comme l'objet d'une sorte de création continue, dont les dieux seraient les nobles : qu'ils retirent leur soutien, et le roi tombe. À l'inverse, Auguste dit à Cinna, au début de l'acte V : « Et pour te faire choir, je n'aurais aujourd'hui / Qu'à retirer la main qui seule est ton appui ». À l'initiative et sous l'impulsion de Richelieu, une véritable révolution idéologique s'est opérée : les nobles légitimaient le Roi ; c'est désormais le Roi qui accorde leur légitimité aux Grands. Ce mouvement s'inscrit dans la logique qui fait du guerrier un courtisan. Plaire, voire complaire, devient plus important que combattre.

Cadre culturel

« Beaux et grands bâtiments, d'éternelle structure » : ce premier vers d'un sonnet de Malherbe caractérise bien l'émergence d'un art classique au sein du bouillonnement baroque. Dès 1612, l'architecte Jacques Debrosse construit pour Marie de Médicis le palais du Luxembourg, inspiré de l'architecture classique du palais Pitti à Florence. Façades austères, mais relevées par des pilastres et des galeries, contraste des couleurs, avec le blanc de la pierre, le bleu des ardoises, le rouge des briques : ainsi sont construits la place Royale, future place des Vosges, le « Palais-Cardinal », résidence de Richelieu et futur Palais-Royal, le château des Condé à Chantilly, qui a probablement inspiré Malherbe. Ce goût des monuments apparaît clairement dans la volonté qu'ont les protagonistes de *Cinna* : laisser des monuments en souvenir de leur action, de leur présence. Émilie est prête à s'immoler pour tuer Auguste. Mais elle ne veut pas disparaître tout entière : « Et faisons publier par toute l'Italie : / La liberté de Rome est l'œuvre d'Émilie » (acte I, scène 2, vers 109-110). La clémence d'Auguste s'accompagne d'un signal à la postérité : « Ô siècles ! ô mémoire ! Conservez à jamais ma dernière victoire ! » (acte V, scène 3, vers 1697-1698). Guez de Balzac, qui se considérait comme le Cicéron de l'époque, rend hommage à cet aspect de l'œuvre quand il écrit dans sa lettre à Corneille, datée du 17 janvier 1643 : « Aux endroits où Rome est de brique, vous la rebâtissez de marbre. » Mais à l'ordre architectural de Richelieu s'oppose le désordre des guerres civiles. Le rouge n'est pas seulement la couleur de la brique ; il est celle du sang. On retrouve dans *Cinna* l'outrance baroque de d'Aubigné dans *les Tragiques* : les « tristes batailles / Où Rome par ses mains déchirait ses entrailles » (acte I, scène 3, vers 177-178) relèvent du même imaginaire que l'exclamation d'une mère dont les fils s'entredéchirent : « Je n'ai plus que du sang pour votre nourriture ! » (les Tragiques, I, Misères, vers 130). Le désordre se marque à la juxtaposition de tableaux évocateurs. Les « histoires tragiques » étaient à la mode dans les récits de l'époque. Cinna les transforme en tableaux, ou plutôt il anime des tableaux sanglants pour en faire autant de tragédies : « Mais je ne trouve point de couleurs assez noires / Pour en représenter les tragiques histoires ». Les tableaux vivants, qui sont aussi des scènes de mise à mort, se succèdent ensuite dans le cadre de ce qu'on appelle une ekphrasis* : une représentation qui devient narration. Le mouvement pathétique* est bien un signe distinctif du baroque.

Le contexte culturel où baigne Cinna est aussi celui d'une philosophie politique.

On a vu dans la partie historique que les nobles, regroupés autour du faible Gaston d'Orléans, toujours prêt à les trahir, prétendent défendre une liberté féodale et aristocratique. Le public de Corneille, et singulièrement de Cinna, s'attend à participer au débat ouvert par Tacite et Machiavel sur la raison d'État. À la mort de Richelieu, on a publié son Testament politique, qui fait la théorie de l'absolutisme royal. Le pouvoir souverain du monarque absolu doit transcender tous les clivages sociaux, toutes les rivalités de clan. Cette évolution s'accorde avec une réflexion politico-religieuse amorcée dès les années 1620 : dans l'État chrétien ou maximes tirées de l'Écriture contre les fausses raisons d'État des libertins politiques de ce siècle, publié en 1626 par Claude Vaure et dans le Prince, de Guez de Balzac. Fondé sur l'analyse du rapport de forces, le Prince de Machiavel, florentin comme Marie de Médicis, est en effet la référence universelle. Cette œuvre affirme que le prince, l'homme qui gouverne, est l'unique garant de l'unité de l'État. Pour éviter que les rivalités individuelles ou les rivalités de clans ne le fassent exploser, il est autorisé à user de tous les moyens, y compris les plus cruels et les plus immoraux. Livie se réclame implicitement du machiavélisme quand elle déclare : « Tous ces crimes d'État qu'on fait pour la couronne / Le Ciel nous en absout alors qu'il nous la donne » (acte V, scène 2, vers 1609-1610).

Architecture et philosophie politique tendent à construire l'ordre absolutiste. Mais les résistances sont encore très fortes et il convient de mentionner deux mouvements différents, mais qui se recoupent : la pensée libertine et la préciosité*. Le libertinage* revêt, à l'époque de Louis XIII, diverses formes : libertinage mondain, opposant l'aimable scepticisme de l'honnête homme à la rigueur orthodoxe du dévôt ; libertinage philosophique, fondé sur la lecture d'Épicure et de Lucrèce, philosophes matérialistes et athées. Comme plus tard chez La Bruyère, l'honnête homme se reconnaît à l'importance qu'il attache au mérite personnel, opposé à la « faveur » arbitraire du souverain. Dès la première scène du *Cid*, le Comte, père de Chimène, et Don Diègue, père de Rodrigue, s'affrontent sur les parts respectives de la faveur et du mérite dans la nomination du précepteur du Prince. Auguste écrase Cinna quand il met en regard la « fortune » de son protégé, liée à la « faveur », et son « peu de mérite » (acte V, scène 1, vers 1521-1522). Cinna ne songe pas à répondre : c'est donc qu'il reconnaît le bien-fondé de l'accusation. Le libertinage philosophique, quant à lui, est marqué par la recherche de plaisirs plus raffinés que ceux du vulgaire, à l'aide d'une indépendance d'esprit supérieure. Ainsi Émilie, pour goûter les plaisirs de la vengeance, se fait une morale à elle : « Les bienfaits ne font pas toujours ce que tu penses ; / D'une main odieuse ils tiennent lieu d'offense » (acte I, scène 2, vers 73-74).

Dans la même perspective d'émancipation, la préciosité peut contribuer à expliquer le comportement frondeur d'Émilie. Follement romanesques, mais aussi soucieuses d'indépendance, les précieuses ont compris que le seul moment où la femme soit libre est la période qui précède le mariage (ou le temps du veuvage).

Ainsi Émilie se met au plus haut prix possible : elle ne donnera sa main qu'en échange de la mort du souverain.

À cette aristocrate la confidente Fulvie adresse les objections de l'homme du commun : « Votre amour à ce prix n'est qu'un présent funeste / Qui porte à votre amant sa perte manifeste » (acte I, scène 2, vers 113-114). La force dramatique du personnage d'Émilie tient à sa volonté de disposer d'elle-même, alors que dans la comédie traditionnelle, et dans la société de l'époque, c'est le père qui choisit le mari de la jeune fille. Ainsi s'explique le mépris écrasant d'Émilie à l'égard de Cinna : « Et ton esprit crédule ose s'imaginer / Qu'Auguste, pouvant tout, peut aussi me donner. / Tu me veux de sa main plutôt que de la mienne » (acte III, scène 4, vers 935-937). L'originalité de cette réflexion est qu'elle vient d'une femme. Sous l'influence de la préciosité, Émilie s'affirme pleinement comme sujet autonome, du moins jusqu'à ce qu'elle redevienne la fille soumise du père adoptif contre lequel elle s'est révoltée.

Unité classique et monumentale, violence baroque des tableaux sanglants, libertinage philosophique inventant sa propre morale, enfin, aspiration précieuse à l'émancipation : telles sont quelques-unes des lignes de force que la pièce doit à la culture de son époque.

Cadre littéraire

Cinna se situe, après la querelle du *Cid*, dans une période d'intense réflexion théorique sur la tragi-comédie et la tragédie. Conflit romanesque entre l'amour et la vengeance, multiplicité des péripéties, libertés prises avec les unités* de temps et de lieu : la tragi-comédie est un genre spectaculaire qui met en scène une action sérieuse, des personnages de rang élevé, mais s'accommode d'un dénouement* heureux. La tragédie se conforme aux règles d'Aristote, qui ne veut qu'une péripétie et ne conçoit pas de dénouement sans catastrophe, c'est-à-dire, au sens strict, sans renversement de situation. Les auteurs de l'époque, notamment Corneille, dialoguent avec les « doctes » : Richelieu régente la vie littéraire, Chapelain distribue les pensions, l'Académie française a imposé en 1640 ses *Sentiments de l'Académie sur* le Cid. Corneille réagit à cette pression de façon hautaine, mais il en est très affecté : pendant deux ans (1638-1639) il n'écrit plus, ou du moins ne fait représenter aucune pièce nouvelle. *Horace* est joué en 1640, *Cinna* probablement après Pâques 1641.

C'est donc bien le débat sur la tragédie et la tragi-comédie qui détermine la création de Corneille. Ces deux genres se différencient plutôt par leurs orientations diverses que par des oppositions tranchées : argument plutôt mythologique pour la tragi-comédie, plutôt historique pour la tragédie, insistance sur l'intrigue dans la tragi-comédie, sur les passions et leurs contradictions intimes dans la tragédie. *Le Cid* était tiré d'un *romancero*, épopée romanesque ; *Cinna* naîtra d'une méditation philosophique destinée à nourrir une réflexion politique, le *De clementia* de Sénèque. Les grands contemporains de Corneille se situent dans le cadre de cette opposition à la fois esthétique, morale et dramatique ; mais s'ils tiennent à promouvoir les « règles » en tant que théoriciens, ils cultivent le romanesque et l'invraisemblance dans leurs tragi-comédies. On peut citer, de Mairet (1604-1686), *l'Illustre Corsaire* et un *Roland furieux* (1638) ; de Georges de Scudéry (1601-1667), *le Prince déguisé*, joué en 1634, et *Didon*, représenté l'année suivante : ce sont des tragi-comédies. Sur 16 pièces, de Scudéry écrit 11 tragi-comédies. Pierre du Ryer (1600-1658) compose 6 tragédies, dont une *Bérénice* en prose, mais aussi 11 tragi-comédies ; son *Alcionée* (1637) est citée en exemple par l'abbé d'Aubignac dans sa *Pratique du théâtre*, publiée en 1657. Un peu plus jeune que Corneille, Rotrou n'en est pas moins un spécialiste de la tragi-comédie, avec déguisements et méprises multiples, par exemple dans *Agésilan de Colchos* (1635-1636), que Jean-Marie Villégier a mis en scène au Théâtre national de Strasbourg en 1992.

Tragédie, tragi-comédie et dénouement heureux

Fantaisie romanesque dans la facture des pièces, rigueur classique dans la théorie : on comprend l'irritation de Corneille contre des contemporains, de peu ses aînés (du Ryer a six ans de plus, Mairet deux ans seulement), qui ne font pas ce qu'ils disent et conseillent de faire aux autres, avec la bénédiction d'un cardinal de Richelieu tout-puissant et préoccupé de belles-lettres jusqu'à entraver la liberté créatrice. Trois textes théoriques accompagnent la naissance de *Cinna* : l'*Apologie du théâtre* de Georges de Scudéry (1639), la *Poétique* de Jules de La Ménardière (1639) et le *Discours sur la tragédie* de Sarasin (1640), dont le sous-titre indique son lien avec le théâtre de De Scudéry : *Remarques sur l'Amour tyrannique* de M. de Scudéry. Le sujet de cette tragi-comédie (1638) n'est pas sans rappeler *Cinna* : Ormène, reine du Pont, exhorte son mari Tiridate, vainqueur de son père et de son frère, à montrer de la clémence et de la compassion pour les vaincus : « En faveur de mon frère écoutez la pitié ; / Songez que la rigueur peut obscurcir la gloire / Et n'ensanglantez point une belle victoire » (*l'Amour tyrannique*, acte II, scène 1). La fin de la pièce est heureuse, mais l'auteur ne doit pas être blâmé, que sa pièce s'appelle tragi-comédie ou tragédie : « Cette issue tranquille de tant de troubles et d'incidents malheureux, cette conclusion paisible de la plupart des poèmes tragiques de notre théâtre, et qui semble tenir quelque chose de la fin de la comédie, a fait trouver le nom de *tragi-comédie* à nos poèmes. » Sarasin n'est pas loin d'attribuer la qualification de tragi-comédie à un effet de mode. À cette époque, la réflexion demeure confuse : au chapitre 13 de la *Poétique*, Aristote exprime le vœu que le personnage tragique passe « non du malheur au bonheur, mais au contraire du bonheur au malheur ». Cela n'empêche pas Sarasin d'affirmer à contresens qu'Aristote « met l'issue heureuse parmi le dénombrement des fins de tragédie ».

En fait, Sarasin tente de faire du théoricien révéré le précurseur de la tragi-comédie ; c'est aussi l'opinion de La Mesnardière, écrivant en 1640 au chapitre III de sa *Poétique* que la définition d'Aristote « est plus propre pour la tragi-comédie que pour la tragédie funeste ».

Bien avant de composer ses trois *Discours*, Corneille, mis en éveil par la pénible « querelle du *Cid* », tient à innover, ne montrant sa connaissance approfondie de la *Poétique* d'Aristote que pour mieux se renouveler. La notion de modernité, qui exprime le désir de prendre des distances par rapport aux règles issues de l'Antiquité, est liée à l'esprit baroque et est en effet bien vivante à cette époque de transition. « Nous ne retenons pas ici toute la définition qu'Aristote nous a laissée, à cause qu'elle appartenait à la tragédie des Anciens, qui diffère de la nôtre », écrit ainsi La Mesnardière dans sa *Poétique*. Quel que soit le dénouement, sanglant, « funeste » (au sens originel de mortel), malheureux, surprenant, comme le suggère le sens propre de catastrophe, l'essentiel du débat est ailleurs. En réalité, à l'époque où Corneille écrit *Cinna*, ce n'est pas tant le dénouement qui sépare comédie et tragi-comédie que la simplicité ou le caractère composite de l'œuvre. Selon La Ménardière, la « fable composée » est appelée ainsi parce qu'elle est fondée sur l'effet de surprise : « Elle est appelée ainsi, parce que ses infortunes sont conduites de telle sorte que, par certains accidents qui composent sa beauté, et dont on ne se doute point, on voit tout d'un coup le héros être accablé de misère et tomber, s'il faut ainsi dire, du faîte vers les abîmes. » Telle est bien la situation d'Œdipe, mais aussi celle d'Auguste apprenant la conjuration, et celle de Cinna quand il se voit trahi. Toute la problématique de la « tragédie à fin heureuse » (Jacques Morel) que Corneille invente avec *Cinna* est de savoir si les « accidents » qui font la beauté de l'œuvre sont présentés comme le fruit de hasards romanesques ou celui d'une nécessité implacable. Il semble que deux lectures soient possibles, l'une classique, celle des *Examens* de Corneille et des *Discours* de 1660, l'autre d'inspiration baroque, plus proche du point de vue des personnages, et notamment des conspirateurs. Sagesse classique, imprévu baroque, forme classique, matériau baroque : dans une époque de transition, la tragédie à fin heureuse, à la fois passionnelle et politique, se situe à la croisée des chemins, même si tous les chemins mènent à Rome, et, a posteriori, au classicisme triomphant.

Cinna dans l'œuvre de Corneille

L'auteur de *Cinna* compose pour le théâtre depuis vingt ans : *Mélite*, sa première comédie, a remporté un vif succès dès 1629. Mais que de chemin parcouru depuis cette date ! Corneille n'est d'abord qu'un auteur de comédies à succès, et, à l'occasion, un dramaturge travaillant en collaboration, dans le cadre de la « société des cinq auteurs », dont la tradition veut que chacun ait écrit un acte de *la Comédie des Tuileries* (1635) et de *l'Aveugle de Smyrne* (1637). Mais il manifeste très tôt son indépendance vis-à-vis de l'ordre littéraire voulu par Richelieu. Parlant de l'unité de temps dans la préface de sa tragi-comédie *Clitandre* (1632), il reconnaît ne pas l'avoir respectée, et ajoute à propos de *Mélite* : « J'ai voulu seulement montrer que si je m'en éloigne, ce n'est pas faute de la connaître ». Depuis janvier 1637, Corneille est avant tout l'auteur du *Cid*. C'est sa troisième tragédie ; elle lui vaut l'enthousiasme du public parisien, rappelé plus tard par Boileau : « Tout Paris pour Rodrigue a les yeux de Chimène ». Aux critiques de la récente Académie française, Corneille réplique avec une hauteur qui rappelle le ton du comte don Gormas dans *le Cid* : « Mon travail sans appui monte sur le théâtre / Chacun en liberté l'y blâme ou l'idolâtre : / Là, sans que mes amis prêchent leur sentiment / J'arrache quelquefois leurs applaudissements ; / Là, content du succès que le mérite donne / Par d'illustres avis je n'éblouis personne ; / Je satisfais ensemble et peuple et courtisans, / Et mes vers en tous lieux sont mes seuls partisans ». Dénonciation des cabales, qualité de la facture, et notamment de la frappe des vers, refus de s'adresser à des protecteurs ou à un public particulier – la Cour ou la Ville : toute l'esthétique de Corneille est en germe dans ce texte.

Quels sont les enjeux ? C'est d'abord la question des unités, qu'il faut réexaminer à la lumière de la poétique* : l'unité d'action s'oppose à sa « duplicité », souvent dénoncée à propos des tragédies antérieures. L'amour de l'Infante pour le futur Cid vient-il doubler celui de Chimène pour Rodrigue ? *Horace* est-il successivement l'histoire du triomphe d'Horace et celui de son humiliation après le meurtre de sa sœur Camille ? Dans la même perspective, *Cinna* est-il une histoire de vengeance suivie d'une apologie de la clémence chez le souverain ? Corneille répond en distinguant action essentielle et action secondaire. En 1660, il mettra les choses au point dans son *Discours de l'utilité et des parties du poème dramatique* : « La consultation d'Auguste au second (acte) de *Cinna*, les remords de cet ingrat, ce qu'il en découvre à Émilie, et l'effort que fait Maxime pour persuader à cet objet de son amour caché de s'enfuir avec lui, ne sont que des épisodes ; mais l'avis que fait donner Maxime par Euphorbe à l'Empereur, les irrésolutions de ce prince, et les conseils de Livie, sont l'action principale ».

Ainsi, l'unité d'action résulte ici de la subordination du passionnel au politique, ou, pour reprendre l'expression de Marc Fumaroli, « de la fureur héroïque à la vraie grandeur d'âme » (Marc Fumaroli, *Héros et orateurs*). Cette subordination est liée à la distribution des rôles : alors que dans *le Cid* et dans *Horace* le souverain est juge, extérieur au conflit principal, garant équitable du droit, le souverain de *Cinna* est en situation d'être à la fois juge, bourreau et victime. Corneille reviendra sur cette idée dans l'*Examen* de *Clitandre* (1660) : un « homme d'autorité » peut paraître au théâtre « comme Roi, comme homme et comme juge ». Le roi de Castille don Fernand, le roi de Rome Tulle (Tullus Hostilius) ne sont que des juges ; Auguste est vraiment « Roi », engagé à défendre le principe même de la souveraineté, et c'est bien là ce qui garantit l'unité d'action.

L'unité de lieu ne permet pas moins de situer l'œuvre dans l'évolution de Corneille. Le système des « mansions » – de la compartimentation – des mystères médiévaux est abandonné : le théâtre, assez étroit, ne peut être compartimenté en lieux différents. La querelle du *Cid* a clairement posé les enjeux : le duel entre Rodrigue et le comte, les entretiens avec Chimène, le récit du combat contre les Maures, le duel avec don Sanche ne peuvent se dérouler dans le même lieu, d'où l'idée d'une unité de lieu élargie à une ville. Dans le *Discours des trois unités d'action, de jour, de lieu* (1660), Corneille reconnaît que cette tragédie (d'abord tragi-comédie) « multiplie [...] les lieux particuliers sans quitter Séville », de même que *Cinna* les multiplie sans quitter Rome, et même le palais d'Auguste. Corneille admet dans l'*Examen* de *Cinna* (1660) une « duplicité de lieu particulier » : la moitié de la tragédie « chez Émilie » et l'autre « dans le cabinet d'Auguste ». L'expression « duplicité de lieu » peut être mise en relation avec la duplicité, au moins involontaire, des personnages. Cinna et Émilie ont été adoptés par Auguste, et vivent dans une sorte d'intimité avec leur ennemi ; mais si le corps à corps est revendiqué par Émilie, il inspire des scrupules à Cinna, qui se voit comme un traître à partir de l'acte III. L'unité de lieu va donc dans le sens d'un resserrement de la tragédie : encore proche de l'épopée avec *le Cid*, elle tend à se restreindre dans un espace confiné, celui du « conseil » et du complot, dans *Cinna*. Aussi n'est-il pas étonnant de voir Corneille revendiquer l'observation exacte de l'unité de lieu dans *Horace*, pièce qui précède immédiatement *Cinna*, et dans *la Mort de Pompée*, qui la suit de près. Fidèle au mouvement de l'époque littéraire, la tragédie cornélienne s'achemine vers un huis clos.

L'unité de temps donne lieu au même resserrement ; mais ce resserrement est suivi d'une expansion. Le jour de la tragédie est celui du sacrifice annoncé par Cinna dans sa harangue aux conjurés : « Demain au Capitole il fait un sacrifice » (acte I, scène 3, vers 230). Le mot « demain » reparaît quatre vers avant la fin de la tragédie, pour désigner une heureuse répétition du sacrifice funeste auquel s'apprêtaient les conjurés : « Qu'on redouble demain les heureux sacrifices / Que nous leur offrirons [aux dieux] sous de meilleurs auspices ». Du temps tragique de la guerre civile, on revient ainsi au temps épique, celui de la future grandeur impériale. Déjà *le Cid* aboutissait à une dilatation du temps, avec le vers à la fois épique et romanesque : « Laisse faire le temps, ta vaillance et ton roi ».

Mais *Cinna* s'inscrit dans l'œuvre d'une manière autre que formelle : la clémence du souverain marque une étape décisive vers la souveraineté du héros. À l'origine de cette évolution, il y a un enthousiasme juvénile entraînant mais suspect. Le héros paradoxal de *la Place royale*, Alidor, déclare en effet avec superbe : « Ainsi, tout me succède » [tout me réussit] (acte V, scène 3, vers 1279). Rodrigue défie toute espèce d'adversaire : « Est-il quelque ennemi qu'à présent je ne dompte ? » On n'est pas loin de Matamore remplissant tour à tour « les hommes de terreur et les femmes d'amour ». Le véritable héros doit connaître la traversée de la nuit (pour le Cid, c'est une nuit concrète, celle du combat contre les Maures). Auguste traverse la nuit du doute, de l'horreur de soi, du désespoir et de la tentation du suicide à laquelle il mène. Par là, il prolonge Horace, champion mythique de Rome, mais aussi meurtrier, et annonce Polyeucte, déchiré entre l'amour de Dieu et celui de sa jeune épouse Pauline. Dans un texte célèbre, *Victor-Marie, comte Hugo*, Péguy a montré ce cheminement qui mène de la rodomontade au doute et du doute à la foi.

Gravure représentant une scène de théâtre au XVIIe.

VIE	ŒUVRES
1606 Naissance de Pierre Corneille à Rouen, dans une famille bourgeoise.	
1615-1620 Corneille est élève au collège des Jésuites de Rouen.	
	1618 Prix de vers latins offert par le gouverneur de Normandie (une histoire grecque et latine imprimée en 1611).
1625 Naissance de Thomas Corneille, frère cadet de Pierre.	
1628 Corneille avocat à la Table de marbre du Palais de Justice de Rouen. Il le restera jusqu'en 1648.	
	1629 *Mélite*, première comédie de Corneille, est jouée à Rouen.

TABLEAU CHRONOLOGIQUE

ÉVÉNEMENTS CULTURELS ET ARTISTIQUES	ÉVÉNEMENTS HISTORIQUES ET POLITIQUES
1605 Le poète Malherbe est présenté à la Cour.	
	1610 Ravaillac, moine fanatique, assassine le roi Henri IV.
1616 D'Aubigné publie *les Tragiques.*	
1624 Premières *Lettres* de Guez de Balzac.	**1622** Richelieu cardinal. **1624** Richelieu chef du Conseil du Roi.
	1626 Le comte de Chalais été décapité pour complot.
1628 *Sylvie* de Mairet, tragi-comédie ; reprise de *Tyr et Sidon* de Jean de Schélandre, tragi-comédie ; mort de Malherbe.	
	1629 Paix d'Alès : fin des privilèges accordés par Henri IV aux protestants.

Vie	Œuvres
	1632 *Clitandre*, tragi-comédie.
1633 Corneille refuse de célébrer Richelieu, malgré la demande de Mgr Harlay.	**1633-34** *La Suivante*
	1634 Composition de *la Place royale*.
	1635 *Médée*, tragédie.
	1636 *L'Illusion comique*.
1637 Corneille publie ce refus *(Excuse à Ariste)*.	**1637** *Le Cid*, tragi-comédie. **1637-1639** Querelle du *Cid*.
1639 (12 février) Mort du père de Corneille.	
	1640 *Horace* joué en représentation privée chez Richelieu.
1641 Mariage de Corneille. Pneumonie : il passe pour mort. Corneille est guéri en juillet.	**1641** Rédaction de *Cinna**.
1642 Naissance de Marie, premier enfant de Corneille, le 10 janvier.	**1642-1643** Impression de *Cinna* à Rouen, aux frais de Corneille. Publication après la mort de Richelieu.
1643 Remerciement au cardinal de Mazarin.	**1643** *Polyeucte*.

ÉVÉNEMENTS CULTURELS ET ARTISTIQUES	ÉVÉNEMENTS HISTORIQUES ET POLITIQUES
	1630 Journée des Dupes : Richelieu l'emporte sur Marie de Médicis.
1631 Calderon, *La vie est un songe.*	
	1634-1637 Soulèvement des Croquants dans le Midi.
1635 Fondation de l'Académie française.	
1637 Descartes, *Discours de la méthode.*	
	1639-1641 Révolte des Va-nu-pieds en Normandie.
1640 Publication (posthume) de l'*Augustinus* de Jansénius.	**1640** Le chancelier Séguier réprime la révolte des Va-nu-pieds.
	1642 Mort de Richelieu (4 décembre).
1643 (janvier) Lettre de Balzac, autorité incontestée, à Corneille : « Votre *Cinna* guérit les malades. »	**1643-1661** Anne d'Autriche régente. Mazarin au pouvoir. **1643** Mort de Louis XIII.

VIE	ŒUVRES
	1644 *Le Menteur.* *La Mort de Pompée.* Corneille se renouvelle. **1645** *Rodogune.*
	1647 *Héraclius,* « pièce implexe ».
1648 La Cour commande à Corneille une « pièce à machines » pour le carnaval. Ce sera *Andromède.*	
	1651 *Nicomède.* *Pertharite*, tragédie sacrée (échec).
1652-1658 Retraite provisoire. Corneille est père de 7 enfants.	**1652** Traduction de l'*Imitation* *de Jésus-Christ* : 13 000 vers...
	1659 *Œdipe.*
1660 Réflexions théoriques.	**1660** *Œuvres complètes* et trois *Discours* *sur l'art dramatique* ; *Examen* pour chaque pièce.
	1662 *Sertorius.*
1663 Brouille avec Molière (querelle de l'*École des femmes*).	

ÉVÉNEMENTS CULTURELS ET ARTISTIQUES	ÉVÉNEMENTS HISTORIQUES ET POLITIQUES
1644 Incendie du théâtre du Marais.	
1645 Rotrou, *le Véritable Saint Genest*.	
1647 Gracián, *Il Corteggiano* (*l'Homme de cour*).	
1648-1652 Scarron, *Œuvres burlesques*.	**1648** Traité de Westphalie. **1648-1650** Fronde (d'abord aristocratique, puis bourgeoise).
1651 Hobbes, *Leviathan*.	
	1653-1661 Fouquet surintendant général des Finances.
1656-1657 Pascal, *Lettres provinciales*.	
1657 D'Aubignac, *Pratique du théâtre*. **1659** Molière à Paris avec *les Précieuses ridicules*.	**1659** Traité des Pyrénées (paix avec l'Espagne).
	1661 Mort de Mazarin. Règne personnel de Louis XIV. Colbert ministre.
1662 Molière, *l'École des femmes*.	
	1664 Louis XIV demande à Le Vau d'agrandir Versailles.

Vie	Œuvres
1667 Réconciliation avec Molière.	**1667** Molière joue le rôle de César dans *la Mort de Pompée*.
1670 Rivalité avec Racine. **1671** Collaboration avec Molière et Quinault.	**1670** *Tite et Bérénice*. **1671** *Psyché* (en collaboration).
1674 Mort d'un fils à la guerre. **1675** Suppression de la pension de Corneille.	**1674** *Suréna*.
	1678 Lettre à Colbert pour demander le rétablissement de la pension royale.
1684 Mort de Corneille.	

* Cette date tardive de rédaction s'oppose à une tradition selon laquelle Corneille aurait rédigé *Cinna* pendant la période de la querelle du *Cid*, ou peu après la mort de son père, en 1639. Pour plus de détail, se reporter à la « Genèse de l'œuvre », p. 34.

ÉVÉNEMENTS CULTURELS ET ARTISTIQUES	ÉVÉNEMENTS HISTORIQUES ET POLITIQUES
1665 Molière, *le Misanthrope*.	
1666 Boileau publie les huit premières *Satires*.	
1667 Racine, *Andromaque*.	
1668 La Fontaine, *Fables*.	**1668** Conquête de la Flandre (Lille, Douai). Traité d'Aix-la-Chapelle.
1669 Molière, *Tartuffe*.	
1670 Racine, *Bérénice*.	
1673 Mort de Molière.	
1674 Boileau, *Art poétique*.	
1677 Racine, *Phèdre*.	
1678 Mme de La Fayette, *la Princesse de Clèves*.	**1678** Conquête de la Franche-Comté. Paix de Nimègue : apogée du règne.
1681 Bossuet, *Discours sur* *l'histoire universelle*.	
	1682 Installation de la Cour à Versailles.
	1685 Révocation de l'édit de Nantes.

GENÈSE
DE L'ŒUVRE

Conditions de parution

Une incertitude porte sur la date de composition et de rédaction. Les seules dates certaines sont celle du privilège d'impression, le 1er août 1642, et celle de l'achevé d'imprimer, le 18 janvier 1643. Un article déjà ancien de René Pintard, *Autour de Cinna et de Polyeucte. Nouveaux problèmes de chronologie et de critique cornéliennes*, paru en 1964 dans la *Revue d'histoire littéraire de la France*, bouleverse la tradition selon laquelle Corneille aurait écrit sa tragédie dans la période difficile marquée par la querelle du *Cid* et la mort de son père. Georges Forestier propose donc les dates de mai-juin 1642 « juste après la relâche de Pâques », ce qui ne veut pas dire que la pièce n'ait pas été écrite plus tôt. On peut songer à la période troublée de 1639-1640, pendant laquelle Corneille ne publie rien, digère l'humiliation de la querelle du *Cid* et surtout perd son père. Il peut s'agir aussi de la seconde moitié de 1641 : guéri de la pneumonie qui l'avait presque fait mourir au moment de son mariage, il songe lui-même à devenir père, et le sera en janvier 1642 : *et libri et liberi* (« et des livres et des enfants »).

Composition de la pièce : réécritures

La genèse de l'œuvre se donne à lire dans le discours d'escorte, dans le « paratexte* » : dans l'édition de janvier 1643, Corneille cite le texte latin du *De clementia* du philosophe Sénèque. Précepteur de Néron – mis en scène quelque vingt-cinq ans plus tard par Racine dans *Britannicus* (1669) –, Sénèque veut donner une leçon de modération à un empereur débutant de moins de vingt ans. Le *De clementia* comporte deux livres : le premier est la transposition d'un discours d'apparat fait par Sénèque lors de son entrée en fonctions comme consul, en 56 de l'ère chrétienne. Le second livre du traité de

Sénèque, inachevé, distingue la clémence, souci d'équité et de modération, de la compassion, qui n'en demeure pas moins une passion condamnable aux yeux du philosophe stoïcien. Le récit de la clémence d'Auguste est tiré du premier livre, et le souci pédagogique explique la double référence chronologique : « comme il avait l'âge que tu as maintenant », dit Sénèque en interpellant son interlocuteur impérial, à propos des proscriptions décidées en accord avec Antoine ; puis il ajoute qu'au moment de la conjuration de Cinna, Auguste avait quarante ans. Montaigne se contente d'écrire que « cet accident advint à Auguste au quarantième an de son âge. » Conscient du fait que nombre de ses lecteurs – et surtout de ses lectrices – ne connaissaient pas le latin, Corneille supprime la citation latine de Sénèque dans son édition des *Œuvres complètes* (avec *Examens* et *Discours*) de 1660 ; du même coup, il retranche la paraphrase* de Montaigne.

La lecture du texte de Sénèque, paraphrasé par Montaigne dans le chapitre XXIII du livre I des *Essais* (devenu le chapitre XXIV *Divers événements du même conseil*, dans les éditions modernes), n'en est pas moins instructive pour qui s'intéresse à la genèse de la tragédie. D'abord, le personnage de Cinna est grandi. Le texte de Sénèque le décrit en effet comme *stolidi ingenii virum*, un homme d'un esprit borné. Ces limites ne convenaient guère à un héros de tragédie. Montaigne ne reprend pas l'expression. En revanche, un élément est commun à Sénèque et à Montaigne : c'est la dramatisation. Le récit débute, dans les deux cas, par un monologue, expression de « l'inquiétude », de la perplexité d'Auguste : le point de départ de l'invention cornélienne est donc le monologue délibératif de la scène 2 de l'acte IV. Montaigne, pour signifier qu'Auguste est déchiré, lui fait tenir « plusieurs divers discours » reprenant ainsi l'expression de Sénèque « *voces varias et inter se contrarias* ». Le premier de ces « discours » est celui de l'orgueil : Auguste n'a pas triomphé de ses adversaires pendant une guerre civile inexpiable pour se laisser narguer par quiconque projette de le tuer. Le second discours est de type mélancolique : à quoi bon vivre, si tant de gens veulent sa mort ? Le troisième discours est de nature expérimentale, et l'on comprend que Montaigne s'y soit intéressé dans une œuvre intitulée *les Essais* : « Essaie comment peut te réussir la clémence ». Ce troisième discours, ce n'est pas Auguste qui le tient, mais Livie, dans Sénèque, Montaigne, puis Corneille. Le monologue aboutit donc logiquement au dialogue.

La nouveauté introduite par Corneille est triple : d'une part, le héros de Corneille – ou du moins le souverain en passe de devenir héros – récuse le raisonnement expérimental et quelque peu machiavélique de Livie. « Vous m'aviez bien promis des conseils d'une femme : / Vous me tenez parole, et c'en sont là, madame » : cette réplique insultante ne correspond nullement aux pensées rapportées par Montaigne. « Auguste fut bien aise d'avoir trouvé un Advocat de son humeur. » Dans Sénèque et Montaigne, Livie et Auguste font cause commune, et la formule « conseil d'une femme » n'est qu'une précaution oratoire prise par Livie : « Les conseils d'une femme sont-ils reçus, lui fit-elle ? » La seconde nouveauté est le renversement de la progression : l'empereur Auguste de Sénèque et Montaigne est un malade dont les douleurs s'aigrissent. Il faut le traiter par la clémence conçue comme homéopathie, alors que jusque-là on a voulu détruire le mal par la vengeance. Livie est très explicite dans le texte de Montaigne : « Fais ce que font les médecins, quand les receptes accoutumées ne peuvent servir » (*Essais* I, 24). Rien de tel chez Corneille, parce que la démarche adoptée par le héros de Corneille n'est pas empirique, mais héroïque ; elle consiste non à suivre la nature, qui demande vengeance, mais à la vaincre. La troisième innovation porte sur le crescendo dramatique. Dans la version de Sénèque, et plus encore dans celle de Montaigne, celui-ci mène à la mort : « S'étant tenu coi quelque espace de temps, il recommençait d'une voix plus forte, et s'en prenait à soi-même ». Coi, c'est-à-dire calme ; la « voix plus forte » annonce le paroxysme d'une crise qui interdit tout recours à la douceur qu'est la clémence. Or le crescendo de Corneille est inverse :

à partir du moment de désespoir qu'expriment les anaphores de « Meurs » (acte IV, scène 2, vers 1170, 1171, 1179). Le sommet est atteint par le don de la vie, répété (vers 1702 et 1704) dans le triomphe final d'Auguste. Ce qui était recette devient exploit.

Corneille a également repris jusque dans le détail le discours d'Auguste à Cinna. Le long discours de la scène 1 de l'acte V (vers 1425-1540) reproduit fidèlement l'argumentation que résume Montaigne : discours de deux heures, dit-il en traduisant Sénèque. D'abord l'invitation au silence rend plus dramatique l'interruption de Cinna accusé d'assassinat (vers 1477-1478). Ensuite, Corneille étoffe le discours accusateur de Sénèque en y ajoutant le souvenir d'une scène de délibération sur les divers régimes politiques empruntée à l'historien Dion Cassius. Enfin, Corneille étend la pièce, dissocie le réquisitoire d'Auguste de l'annonce de son pardon. Il ménage ainsi un rebondissement décisif. Cinna aggrave son cas en refusant tout repentir : « Tu me braves, Cinna, et fais le magnanime ». Cette péripétie n'existait pas dans Sénèque, même si on pouvait la déduire de l'expression méprisante « un homme à l'esprit borné ». La leçon de morale en action, plus pragmatique qu'héroïque, est devenue chez Corneille une ascèse, une ascension difficile vers les hauteurs du tragique.

Sources extérieures d'inspiration

La critique du XXe siècle a enrichi peu à peu la réflexion sur la clémence. Une première approche, celle de Guez de Balzac, correspond à celle de la plupart des contemporains : le personnage de premier plan, l'héroïne, est à ses yeux Émilie, championne de la liberté. Cette liberté est à la fois passion aristocratique et raison démocratique. Ainsi s'explique l'ambivalence oxymorique* que Balzac, par habileté oratoire, attribue à un « Docteur », son voisin : « Tantôt il la nomme la Possédée du Démon de la République ; et quelquefois la belle, la raisonnable, la sainte et l'adorable Furie. » Ainsi, Émilie, promue personnage central, représente à la fois les « grands intérêts d'État » et la fureur d'une passion strictement privée, le désir de venger un père dont elle ne dit jamais rien. C'est Auguste qui s'accuse, au terme d'une progression dans l'horreur, d'avoir tué son « tuteur » (acte IV, scène 2, vers 1140). Mais le véritable coup de génie de Corneille consiste à impliquer Cinna dans la délibération que Dion Cassius attribue à Mécène et à Agrippa, deux des plus illustres conseillers de l'empereur. Consulté par Auguste, il est obligé de dissocier l'intérêt de l'État, qui, dans une perspective républicaine, exige l'abdication du souverain, et la vengeance d'Émilie, qui réclame le maintien au pouvoir de l'homme à abattre. D'abord présenté comme le champion d'une cause héroïque, Cinna n'est plus, après la délibération du début de l'acte II, qu'un passionné aliéné par sa passion. Auguste a beau jeu de souligner cette contradiction de Cinna : il le fait dans le monologue de l'acte IV (scène 2) en rappelant que Cinna « relève pour l'abattre un trône illégitime » (vers 1154). Il reprend cette idée à l'acte V, dont la première scène est un acte d'accusation contre Cinna, sous la forme d'un raisonnement par l'absurde à propos des intérêts de Rome : « Et si sa liberté te faisait entreprendre, / Tu ne m'eusses jamais empêché de la rendre ; / Tu l'aurais acceptée au nom de tout l'État, / Sans vouloir l'acquérir par un assassinat » (acte V, scène 1, vers 1505-1508).

La grandeur d'âme véritable est ici du côté du monarque, et non dans l'illusion lyrique des républicains qui se sont trompés d'époque. Par un nouveau retournement, c'est le discours de Cinna, doublement menteur puisqu'il défend la monarchie après sa harangue républicaine aux conjurés, qui est porteur de vérité. Rome (la France de Louis XIII ?) doit obéir à un monarque. Doubrovsky a montré dans son étude de Cinna (*Corneille et la dialectique du héros*) que c'est lorsqu'il parle en faveur de la monarchie que Cinna exprime ses véritables opinions, dont l'amour passionné qu'il ressent pour Émilie l'a détourné. Corneille a bâti sa pièce en faisant de la tragédie de la vengeance une sorte d'« illusion comique », au sens étymologique : une théâtralisation du réel qui masque des fantasmes liés à la crise d'adolescence. Celle-ci passée, Émilie et Cinna pourront reconnaître dans le souverain leur véritable père.

Première représentation et réception de la pièce

La date de la première représentation a été discutée. Corneille reste fidèle à la troupe du Marais, bien qu'elle ait été démembrée deux fois par ordre royal : en janvier 1642, six des meilleurs acteurs passèrent dans la troupe rivale, celle de l'hôtel de Bourgogne, qui allait jouer les grandes tragédies de Racine un demi-siècle plus tard.

Compte tenu de ces incertitudes, il est difficile de reconstituer la distribution de la pièce : le directeur de la troupe du Marais, Villiers, joua peut-être le rôle d'Auguste, et Floridor, âgé de trente ans, celui de Cinna ; l'acteur Baron figure également dans la distribution.

L'*Examen* de 1660 ne laisse aucun doute sur le triomphe de la pièce : elle eut non seulement la faveur du peuple mais aussi « d'illustres suffrages ». Les connaisseurs la considèrent comme la meilleure tragédie de Corneille et la lettre de Guez de Balzac, le maître incontesté de la prose française, vaut consécration. On trouvera cette lettre, antérieure à la publication du texte, p. 161. Corneille trouve ici une revanche pleine et entière après l'amertume que lui avait causée la querelle du *Cid*. La pièce ne heurte pas les bienséances* : pas de frère qui tue sa sœur comme dans *Horace*. Elle respecte les unités de temps et, sauf une petite entorse à l'acte IV, l'unité de lieu. Enfin, elle glorifie l'ordre monarchique, en une période troublée où la France souffre de sa guerre avec l'Espagne. « Cette approbation si forte et si générale » ne déplaît certes pas à Corneille ; mais le dramaturge éprouve le besoin de préciser que si « rien n'y contredit l'histoire », « beaucoup de choses » y ont été ajoutées. Corneille a toujours revendiqué l'invention dramatique, au point de préférer *Rodogune* pour la richesse des embellissements de l'Histoire, mais celle d'Auguste était trop connue pour admettre de telles modifications.

La tragédie a connu une double fortune, politique et littéraire : le XVIIIe siècle, soucieux de naturel et de simplicité, rejette l'éloquence quelque peu emphatique des nombreux discours. Fénelon joue ici un rôle de précurseur : il ne trouve point « assez de proportion entre l'emphase avec laquelle Auguste parle dans la tragédie de *Cinna* et la modeste simplicité avec laquelle Suétone nous le dépeint ». Voltaire reproche à la pièce le changement de perspective entre les deux premiers et les trois derniers actes : « Tous les spectateurs deviennent autant de conjurés au récit des proscriptions », écrit-il à l'académicien Duclos le 25 décembre 1761. Or c'est à Auguste que l'on s'intéresse à partir du moment où la conspiration est dénoncée ; il n'y a donc pas d'« unité d'intérêt ». Mais la pièce est « régulière », et le philosophe s'en contente, sans enthousiasme. À la fin du siècle, le *Cours de littérature dramatique de Laharpe*, écrit dans une perspective néoclassique, met l'accent sur les contradictions du personnage de Cinna. Ses doutes, ses hésitations, qui font tout son intérêt aujourd'hui, en font un « personnage vicieux », c'est-à-dire mal conçu.

La lecture politique de Napoléon s'inspire de présupposés analogues : à une action d'éclat il faut une explication simple et rationnelle. Qu'Auguste pardonne parce qu'il est devenu « un prince débonnaire » est indigne d'une belle tragédie, car la clémence n'est une vertu qu'appuyée sur la politique. Ainsi l'acteur Monvel, jouant devant l'empereur la scène du pardon, « prononça le « Soyons amis, Cinna », d'un ton si habile et si rusé » que Napoléon croit reconnaître dans ce pardon « la feinte d'un tyran ». Ce contresens, évoqué dans les *Mémoires de Mme de Rémusat*, oppose le « calcul » machiavélique à la niaiserie du « sentiment ».

Victor Hugo se situe à la charnière de deux réceptions de *Cinna* : militant du romantisme, il ridicule, dans un passage célèbre de la *Préface de Cromwell*, cette antichambre, lieu indifférencié, où « les conspirateurs viennent pour déclamer contre le tyran, le tyran pour déclamer contre les conspirateurs ». Mais la métamorphose glorieuse d'un

Octave assassin en Auguste clément lui a probablement inspiré celle de don Carlos en Charles Quint dans le long monologue d'*Hernani*. Ainsi, Hugo ne récuse la stricte observance des règles classiques que pour mieux souligner la portée spirituelle de l'œuvre.

Les interprétations contemporaines partent du changement de perspective qui choquait Voltaire : dès 1898, Gustave Lanson, dans son *Corneille*, montre que si « l'intérêt se déplace du premier au second acte de *Cinna*, et passe des conspirateurs à Auguste », c'est « parce qu'il faut montrer d'abord le tyran qui doit se transformer en généreux empereur ». C'est sur cette « conversion » du personnage central qu'insiste Jasinski dans son *Histoire de la littérature française* (1947). Par là, *Cinna* annonce *Polyeucte*. Dans une perspective différente, Doubrovsky reconnaît dans le Dieu de *Polyeucte* « un Auguste infini » ; à l'inverse on peut reconnaître dans la soumission d'Émilie les paroles d'une chrétienne soudain touchée par la grâce.

Les études les plus récentes mettent l'accent sur l'invention littéraire à partir de l'Histoire : Marc Fumaroli montre comment la mise en œuvre de Lucain permet à Corneille d'opposer l'arrogance des grands (Cinna) et la véritable magnanimité, celle qui suscite le geste de clémence.

Georges Forestier rappelle qu'aux yeux de Corneille la clémence est bien l'action principale, et les amours de Cinna et d'Émilie, l'action secondaire. Notre lecture de *Cinna* est donc probablement plus proche des préoccupations de Corneille que la lecture romanesque des contemporains ; l'histoire littéraire a de ces paradoxes*.

Gravure anonyme pour le frontispice de Cinna, 1643.

Cinna

PIERRE **CORNEILLE**

tragédie

DÉDICACE DE CORNEILLE

à Monsieur de Montoron

MONSIEUR,

Je vous présente un tableau d'une des plus belles actions d'Auguste. Ce monarque était tout généreux, et sa générosité n'a jamais paru avec tant d'éclat que dans les effets de sa clémence et de sa libéralité. Ces deux rares vertus lui étaient si naturelles et si inséparables en lui, qu'il semble qu'en cette histoire que j'ai mise sur notre théâtre, elles se soient tour à tour entreproduites dans son âme. Il avait été si libéral envers Cinna, que sa conjuration ayant fait voir une ingratitude extraordinaire, il eut besoin d'un extraordinaire effort de clémence pour lui pardonner ; et le pardon qu'il lui donna fut la source des nouveaux bienfaits dont il lui fut prodigue, pour vaincre tout à fait cet esprit qui n'avait pu être gagné par les premiers ; de sorte qu'il est vrai de dire qu'il eût été moins clément envers lui s'il eût été moins libéral, et qu'il eût été moins libéral s'il eût été moins clément. Cela étant, à qui pourrai-je plus justement donner le portrait de l'une de ces héroïques vertus, qu'à celui qui possède l'autre en un si haut degré, puisque, dans cette action, ce grand prince les a si bien attachées et comme unies l'une à l'autre, qu'elles ont été tout ensemble et la cause et l'effet l'une de l'autre ? Vous avez des richesses, mais vous savez en jouir, et vous en jouissez d'une façon si noble, si relevée, et tellement illustre, que vous forcez la voix publique d'avouer que la fortune a consulté la raison quand elle a répandu ses faveurs sur vous, et qu'on a plus de sujet de vous en souhaiter le redoublement que de vous en envier l'abondance. J'ai vécu si éloigné de la flatterie, que je pense être en possession de me faire croire quand je dis du bien de quelqu'un ; et lorsque je donne des louanges (ce qui m'arrive assez rarement), c'est avec tant de retenue, que je supprime toujours quantité de glorieuses vérités, pour ne me rendre pas suspect d'étaler de ces mensonges obligeants que beaucoup de nos modernes savent débiter de si bonne grâce. Aussi je ne dirai rien des avantages de votre naissance, ni de votre courage, qui l'a si dignement soutenue dans la profession des armes, à qui vous avez donné vos premières années : ce sont des choses trop connues de tout le monde. Je ne dirai rien de ce prompt et puissant secours que reçoivent chaque jour de votre main tant de bonnes familles, ruinées par les désordres de nos guerres : ce sont des choses que vous voulez tenir cachées. Je dirai seulement un mot de ce que vous avez particulièrement de commun avec Auguste : c'est que cette générosité qui compose la meilleure partie de votre âme et règne sur l'autre, et qu'à juste titre on peut nommer l'âme de votre âme, puisqu'elle en fait mouvoir toutes les puissances ; c'est, dis-je, que cette générosité, à l'exemple de ce grand empereur, prend plaisir à s'étendre sur les gens de lettres, en un temps où beaucoup pensent avoir trop récompensé leurs travaux quand ils les ont honorés d'une louange stérile. Et certes, vous avez traité quelques-unes de nos muses avec tant de magnanimité, qu'en elles vous avez obligé toutes les autres, et qu'il n'en est point qui ne vous en doive un remerciement. Trouvez donc bon, Monsieur, que je m'acquitte de celui que je reconnais vous en devoir, par le présent que je vous fais de ce poème, que j'ai choisi comme le plus durable des miens, pour apprendre plus longtemps à ceux qui le liront que le généreux Monsieur de Montoron, par une libéralité inouïe en ce siècle, s'est rendu toutes les muses redevables, et que je prends tant de part aux bienfaits dont vous avez surpris quelques-unes d'elles, que je m'en dirai toute ma vie,

MONSIEUR,
votre très humble et très obligé serviteur,

Corneille.

DE CLEMENTIA
Sénèque, Livre I, chap. IX

[...] Le divin Auguste fut un prince rempli de douceur, à ne le juger qu'à partir de son gouvernement personnel. Il est vrai que lors des malheurs qui s'abattirent sur la patrie il joua de l'épée, bien qu'il fût exactement de l'âge que tu as à présent, c'est-à-dire dans sa dix-huitième année. Lorsqu'il eut vingt ans révolus, déjà il avait plongé son poignard dans le sein de ses amis, déjà il l'avait traîtreusement dirigé contre le flanc du consul Antoine, déjà il avait été son collègue dans l'œuvre des proscriptions. Mais lorsqu'il eut passé la soixantaine, comme il séjournait en Gaule, on lui apporta la nouvelle que L. Cinna, personnage d'esprit borné, organisait contre lui un guet-apens ; on lui dit le lieu, la date et le plan de l'attaque ; la dénonciation venait de l'un des complices. Il décida de se venger et fit convoquer ses amis pour tenir conseil. Sa nuit était agitée, car il se disait qu'il lui fallait condamner un jeune homme de la noblesse et, à cela près, sans reproche, le petit-fils de Cn. Pompée. Voici qu'il n'était plus capable de tuer un seul homme, lui qui avait tracé à table sous la dictée d'Antoine l'édit de proscription. Tout en gémissant il articulait de temps à autre des propos sans suite et contradictoires : « Quoi donc ? je laisserai circuler sans inquiétude mon assassin, tandis que je n'aurai point de repos ? Ainsi il ne sera point châtié, lui qui peut se résoudre à trancher ? – non, à immoler une tête inutilement visée au cours de tant de guerres civiles, échappée à tant de combats de flottes et d'infanterie, et cela quand la paix a été assurée sur terre et sur mer ! » Et puis encore, après un silence, il s'emportait contre lui-même comme il avait fait contre Cinna, mais en parlant bien plus fort : « Pourquoi vis-tu, si tant de gens ont intérêt à ce que tu meures ? où s'arrêteront les supplices, où s'arrêtera la tuerie ? Je ne suis qu'une tête exposée aux regards des jeunes aristocrates, afin qu'ils la visent de leur pointe bien aiguisée ; non, la vie n'est pas tellement précieuse, si pour m'éviter la mort, il faut sacrifier tant de têtes ! » Enfin Livie l'interrompit : « Admets-tu, dit-elle, les conseils d'une femme ? Fais comme les médecins : quand les remèdes usuels ne réussissent pas, ils essaient les médicaments contraires. Par la rigueur tu n'as jusqu'ici rien obtenu : Salvidienus a été suivi par Lepidus, Lepidus par Murena, Murena par Caepio, Caepio par Egnatius, sans parler des autres, dont la témérité fait rougir. Essaie maintenant de la clémence : pardonne à L. Cinna. On l'a pris sur le fait : désormais il ne saurait plus te nuire ; en revanche il peut servir à ta réputation. » Tout heureux d'avoir trouvé un conseiller, il remercia sa femme ; quant à ses amis qu'il avait fait venir pour les consulter, il leur fit donner contre-ordre sur-le-champ. Il mande auprès de lui Cinna seul et, après avoir congédié tous ceux qui étaient dans la chambre, il fait placer un second siège pour Cinna. « Je te demande avant tout, lui dit-il, de ne pas m'interrompre, de ne pas me couper la parole par tes exclamations ; tu auras ensuite tout loisir de t'expliquer. Je t'ai trouvé, Cinna, dans le camp de mes adversaires et toi qui étais non pas devenu, mais né mon ennemi, je t'ai donné la vie ; quant à ton patrimoine, je t'en ai laissé l'entière possession. À présent, tu es si heureux, si riche, que le vaincu fait envie aux vainqueurs. Comme tu briguais le sacerdoce, oubliant pour toi plusieurs candidats dont les pères avaient fait campagne avec moi, je te l'ai accordé. Après tant de bienfaits, tu as projeté de m'assassiner. » À ces mots, Cinna se récria : pareille folie était bien loin de sa pensée : « Tu ne tiens pas, lui dit Auguste, ta parole : il était convenu que tu ne m'interromprais pas. Tu te disposes, te dis-je, à m'assassiner » ; et il indiqua l'endroit, les complices, le jour, le plan de l'attaque, le bras chargé de frapper. Et comme il le voyait baisser les yeux et garder le silence, non plus pour

tenir leurs conventions, mais pour écouter sa conscience :
« Quel est ton but ? dit-il. De régner à ma place ? Par Hercule, le peuple romain est bien à plaindre si ton ambition ne
rencontre pas d'autre obstacle que moi. Tu es incapable de
soutenir ta propre maison (naguère dans un procès civil tu
as succombé sous le crédit d'un affranchi ; il fallait appeler
César à ton aide !). Mais je me retire si je suis le seul qui
gêne tes prétentions : est-ce que Paul-Émile et Fabius Maxi-
mus et les Cossus et les Servilius vont te supporter, eux et
toute cette légion de patriciens, non pas de ceux qui affi-
chent de vains noms, mais de ceux qui font honneur aux
images de leurs ancêtres ? » Pour ne point reproduire tout
son discours, qui tiendrait la plus grande partie de mon rou-
leau (on sait, en effet, qu'il parla plus de deux heures, faisant durer le seul châtiment dont il devait se contenter) :
« Je t'accorde la vie, Cinna, dit-il, pour la seconde fois : à la
première j'avais affaire à un ennemi, cette fois j'ai affaire à
un conspirateur et à un parricide. Qu'à partir de ce jour
l'amitié recommence entre nous ; voyons qui de nous deux
sera le plus loyal, moi qui t'ai donné la vie ou toi qui me la
dois. » Depuis lors il lui conféra spontanément le consulat,
lui reprochant de n'oser pas le demander. Il eut en lui l'ami
le plus attaché et le plus fidèle ; il fut son unique héritier. Et
il n'y eut pas d'autre attentat secret contre lui.

(Sénèque, *De clementia*, texte établi et traduit
par François Dréchac, Paris, les Belles Lettres, 1921.)

ESSAIS
Montaigne, Livre I, chap. XXIV

L'Empereur Auguste estant en la Gaule receut certain adver-
tissement d'une coniuration que luy brassoit L. Cinna, il
delibera de s'en vanger, et manda pour cet effet au lende-
main le conseil de ses amis : mais la nuict d'entre-deux, il la
passa avec grande inquietude, considerant qu'il avoit a faire
mourir un ieune homme de bonne maison, nepveu du grand
Pompée, et produisoit en se plaignant plusieurs divers
discours : « Quoy donc, faisoit-il, sera-il dit que ie demeure-
ray en crainte et en alarme, et que ie lairray mon meurtrier
se promener ce pendant à son aise ? S'en ira-il quitte, ayant
assailly ma teste, que i'ay sauvee de tant de guerres civiles,
de tant de batailles par mer et par terre ? et aprez avoir esta-
bly la paix universelle du monde, sera-il absouz, ayant deli-
beré non de me tuer seulement, mais de me sacrifier ? » Car
la coniuration estoit faicte de le tuer comme il feroit quelque
sacrifice. Apres cela s'estant tenu coy quelque espace de
temps, il recommençoit d'une voix plus forte et s'en prenoit
à soy-mesme : « Pourquoy vis tu, s'il importe à tant de gents
que tu meures ? n'y aura-il point de fin à tes vengeances et à
tes cruautez ? Ta vie vaut-elle que tant de dommage se face
pour la conserver ? » Livia sa femme le sentant en ces
angoisses : « Et les conseils des femmes y seront-ils receus,
lui dit-elle ? fay ce que font les Medecins, quand les receptes
accoustumées ne peuvent servir, ils en essayent de contraires.
Par severité tu n'as iusques à cette heure rien profité. Lepidus a suyvi Salvidienus, Murena Lepidus, Caepio Murena,
Egnatius Caepio, commence à experimenter comment te
succederont la douceur et la clemence. Cinna est convaincu,
pardonne luy, de te nuire desormais il ne pourra, et profitera
à ta gloire. » Auguste fut bien aise d'avoir trouvé un Advocat de son humeur, et ayant remercié sa femme et contre-
mandé ses amis qu'il avoit assigné au Conseil il commanda

qu'on fit venir à luy Cinna tout seul : et ayant fait sortir tout le monde de sa chambre, et fait donner un siege à Cinna il luy parla en cette maniere : « En premier lieu, ie te demande, Cinna, paisible audience : n'interromps pas mon parler, ie te donneray temps et loisir d'y respondre. Tu sçais, Cinna, que t'ayant pris au camp de mes ennemis, non seulement t'estant fait mon ennemy, mais estant né tel, ie te sauvay, ie te mis entre les mains tous tes biens, et t'ay enfin rendu si accommodé et si aisé que les victorieux sont envieux de la condition du vaincu : l'office du Sacerdoce que tu me demandas, ie te l'octroyay l'ayant refusé à tant d'autres, desquels les Peres avoient tousiours combattu avec moy : t'ayant si fort obligé tu as entrepris de me tuer. » À quoy Cinna s'estant escrié qu'il estoit bien esloigné d'une si meschante pensee : « Tu ne me tiens pas, Cinna, ce que tu m'avois promis, suivit Auguste ; tu m'avois asseuré que ie ne serois pas interrompu : ouy, tu as entrepris de me tuer en tel lieu, tel iour, en telle compagnie, et en telle façon. » Et le voyant transi de ces nouvelles et en silence, non plus pour tenir le marché de se taire, mais de la presse de sa conscience : « Pourquoy, adiousta-il, le fais tu ? Est ce pour estre Empereur ? Vrayement il va bien mal à la chose publique s'il n'y a que moy qui t'empesche d'arriver à l'Empire. Tu ne peux pas seulement defendre ta maison, et perdis dernierement un procez par la faveur d'un simple libertin. Quoy ? n'as tu pas moyen ny pouvoir en autre chose qu'à entreprendre Cesar ? Ie le quitte s'il n'y a que moy qui empesche tes esperances. Penses tu que Paulus, que Fabius, que les Cosséens et Serviliens te souffrent, et une si grande troupe de nobles, non seulement nobles de nom, mais qui par leur vertu honorent leur noblesse ? » Apres plusieurs autres propos (car il parla à luy plus de deux heures entieres) : « Or va, luy dit-il, ie te donne, Cinna, la vie à traistre et à parricide, que ie donnay autrefois à ennemy ; que l'amitié commence de ce iourd'huy entre nous : essayons qui de nous deux de meilleure foy, moy t'aye donné la vie, ou tu l'ayes receue. » Et se departit d'avec luy en cette maniere. Quelque temps apres il luy donna le Consulat, se plaignant dequoy il ne luy avoit osé demander. Il l'eut depuis pour fort amy, et fut seul fait par luy heritier de ses biens. Or depuis cet accident qui advint à Auguste au quarantiesme an de son aage il n'y eut iamais de coniuration ny d'entreprise contre luy, et receut une iuste recompense de cette sienne clemence.

ACTEVRS

OCTAVE CESAR AVGVSTE Empereur
de Rome.

LIVIE Imperatrice.

CINNA Fils d'vne fille de Pompée, Chef de la coniuration contre Auguste.

MAXIME Autre Chef de la coniuration.

ÆMILIE Fille de C. Toranius tuteur d'Auguste &
proscrit par luy durant le Trium-virat.

FVLVIE Confidente d'Æmilie.

POLYCLETE Affranchy d'Auguste.

EVANDRE Affranchy de Cinna.

EVPHORBE Affranchy de Maxime.

La Scene est à Rome.

Personnages

OCTAVE CÉSAR AUGUSTE	*empereur de Rome.*
LIVIE	*impératrice.*
CINNA	*fils d'une fille de Pompée, chef de la conjuration contre Auguste.*
MAXIME	*autre chef de la conjuration.*
ÉMILIE	*fille de C. Toranius, tuteur d'Auguste, et proscrit par lui durant le triumvirat.*
FULVIE	*confidente d'Émilie.*
POLYCLÈTE	*affranchi d'Auguste.*
ÉVANDRE	*affranchi de Cinna.*
EUPHORBE	*affranchi de Maxime.*

La scène est à Rome.

CINNA

TRAGEDIE.

ACTE PREMIER.

SCENE PREMIERE.

ÆMILIE

IMPATIENS deſirs d'vne illuſtre vangeäce
A qui la mort d'vn pere a donné la naiſſance,
Enfans impetueux de mon reſſentiment
Que ma douleur ſeduite embraſſe aueuglement,

A

ACTE PREMIER

Dans l'appartement d'Émilie.

SCÈNE PREMIÈRE. ÉMILIE

Impatients désirs d'une illustre vengeance
Dont la mort de mon père a formé la naissance,
Enfants impétueux de mon ressentiment,
Que ma douleur séduite[1] embrasse aveuglément,
5 Vous prenez sur mon âme un trop puissant empire :
Durant quelques moments souffrez que je respire,
Et que je considère, en l'état où je suis,
Et ce que je hasarde, et ce que je poursuis[2].
Quand je regarde Auguste au milieu de sa gloire,
10 Et que vous reprochez à ma triste mémoire
Que par sa propre main mon père massacré[3]
Du trône où je le vois fait le premier degré[4] ;
Quand vous me présentez cette sanglante image,
La cause de ma haine, et l'effet de sa rage[5],
15 Je m'abandonne toute à vos ardents transports[6],
Et crois, pour une mort, lui devoir mille morts.
Au milieu toutefois d'une fureur si juste,
J'aime encor plus Cinna que je ne hais Auguste,
Et je sens refroidir ce bouillant mouvement

---

1. **Séduite** : égarée.
2. **Et ce que je hasarde, et ce que je poursuis** : Qui j'expose (Cinna) et qui je cherche à abattre (Auguste).
3. **Mon père massacré** : le meurtre de mon père.
4. **Le premier degré** : la première marche.
5. **Sa rage** : l'acharnement d'Auguste.
6. **Vos transports** : vos emportements.

20 Quand il faut, pour le suivre, exposer mon amant[1].
Oui, Cinna, contre moi moi-même je m'irrite
Quand je songe aux dangers où je te précipite.
Quoique pour me servir tu n'appréhendes rien,
Te demander du sang, c'est exposer le tien :
25 D'une si haute place on n'abat point de têtes
Sans attirer sur soi mille et mille tempêtes ;
L'issue en est douteuse, et le péril certain :
Un ami déloyal peut trahir ton dessein ;
L'ordre mal concerté, l'occasion mal prise,
30 Peuvent sur son auteur renverser l'entreprise,
Tourner sur toi les coups dont tu le veux frapper ;
Dans sa ruine même il peut t'envelopper[2] ;
Et quoi qu'en ma faveur ton amour exécute,
Il te peut, en tombant, écraser sous sa chute.
35 Ah ! cesse de courir à ce mortel danger :
Te perdre en me vengeant, ce n'est pas me venger.
Un cœur est trop cruel quand il trouve des charmes[3]
Aux douceurs que corrompt l'amertume des larmes[4] ;
Et l'on doit mettre au rang des plus cuisants malheurs
40 La mort d'un ennemi qui coûte tant de pleurs.
Mais peut-on en verser alors qu'on venge un père ?
Est-il perte à ce prix qui ne semble légère ?
Et quand son assassin tombe sous notre effort,
Doit-on considérer ce que coûte sa mort ?
45 Cessez, vaines frayeurs, cessez, lâches tendresses,
De jeter dans mon cœur vos indignes faiblesses ;

---

1. **Mon amant :** celui qui aime et qui est aimé.
2. **T'envelopper :** t'entraîner.
3. **Des charmes :** des puissances magiques.
4. **Un cœur est trop cruel quand il trouve des charmes / Aux douceurs que corrompt l'amertume des larmes :** Émilie juge cruelle une vengeance qui coûterait la vie à Cinna.

Et toi qui les produis par tes soins[1] superflus,
Amour, sers mon devoir, et ne le combats plus :
Lui céder, c'est ta gloire, et le vaincre, ta honte :
50 Montre-toi généreux, souffrant[2] qu'il te surmonte ;
Plus tu lui donneras, plus il te va donner,
Et ne triomphera que pour te couronner.

1. **Tes soins :** tes soucis.
2. **Souffrant :** en acceptant.

UNE SCÈNE D'EXPOSITION

REPÈRES

1. Le personnage d'Émilie est seul en scène quand le rideau se lève. Montrez que ce monologue nous fait entrer de plain-pied dans l'action tragique.

2. Quel terme s'oppose au sous-titre de la pièce ? Qu'en déduisons-nous ?

3. Mort et amour se mêlent dans la pensée d'Émilie. Citez un vers illustrant cette idée.

OBSERVATIONS

4. Comme tout monologue tragique, celui-ci comporte des revirements. Comment s'articulent-ils ?

5. Émilie a le goût de l'allégorie. Relevez-en quelques-unes, que vous commenterez.

6. Le thème du sang prend ici plusieurs formes et plusieurs sens. Indiquez lesquels.

7. Quels sont les différents termes utilisés pour caractériser Auguste ? Quelle image le spectateur peut-il se faire de lui d'après cette tirade ?

8. La clémence suppose que le complot sera déjoué. Quel vers annonce la suite de l'action ?

INTERPRÉTATIONS

9. Pourquoi Corneille fait-il parler d'abord Émilie ?

10. Quels liens définit-elle entre les trois hommes dont elle parle ?

11. La mort est présente mais malgré tout reléguée au second plan. Expliquez.

DE LA LECTURE À L'ÉCRITURE

12. Ajoutez des didascalies indiquant les jeux de scène, les attitudes, les mimiques d'Émilie.

SCÈNE 2. ÉMILIE, FULVIE.

ÉMILIE

Je l'ai juré, Fulvie, et je le jure encore,
Quoique j'aime Cinna, quoique mon cœur l'adore,
55 S'il me veut posséder, Auguste doit périr :
Sa tête est le seul prix dont il peut m'acquérir.
Je lui prescris la loi que mon devoir m'impose.

FULVIE

Elle a pour la blâmer[1] une trop juste cause :
Par un si grand dessein vous vous faites juger
60 Digne sang de celui que vous voulez venger ;
Mais encore une fois souffrez que je vous die[2]
Qu'une si juste ardeur devrait être attiédie.
Auguste chaque jour, à force de bienfaits,
Semble assez réparer les maux qu'il vous a faits ;
65 Sa faveur envers vous paraît si déclarée,
Que vous êtes chez lui la plus considérée ;
Et de ses courtisans souvent les plus heureux
Vous pressent à genoux de lui parler pour eux.

ÉMILIE

Toute cette faveur ne me rend pas mon père ;
70 Et de quelque façon que l'on me considère,
Abondante en richesse, ou puissante en crédit[3],
Je demeure toujours la fille d'un proscrit[4].
Les bienfaits ne font pas toujours ce que tu penses ;
D'une main odieuse ils tiennent lieu d'offenses :
75 Plus nous en prodiguons à qui nous peut haïr,

---

1. **Elle a pour la blâmer :** elle a peur qu'on blâme cette loi qui ordonne à Émilie de se venger.
2. **Que je vous die :** que je vous dise.
3. **Puissante en crédit :** influente.
4. **Un proscrit :** un homme dont la tête a été mise à prix.

Plus d'armes nous donnons à qui nous veut trahir.
Il m'en fait chaque jour sans changer mon courage[1] ;
Je suis ce que j'étais, et je puis davantage,
Et des mêmes présents qu'il verse dans mes mains
80 J'achète contre lui les esprits des Romains ;
Je recevrais de lui la place de Livie
Comme un moyen plus sûr d'attenter à sa vie.
Pour qui venge son père il n'est point de forfaits,
Et c'est vendre son sang[2] que se rendre aux bienfaits.

FULVIE

85 Quel besoin toutefois de passer pour ingrate ?
Ne pouvez-vous haïr sans que la haine éclate ?
Assez d'autres sans vous n'ont pas mis en oubli
Par quelles cruautés son trône est établi :
Tant de braves Romains, tant d'illustres victimes
90 Qu'à son ambition ont immolé ses crimes,
Laissent à leurs enfants d'assez vives douleurs
Pour venger votre perte en vengeant leurs malheurs.
Beaucoup l'ont entrepris, mille autres vont les suivre :
Qui vit haï de tous ne saurait longtemps vivre.
95 Remettez à leurs bras les communs intérêts,
Et n'aidez leurs desseins que par des vœux secrets.

ÉMILIE

Quoi ? je le haïrai sans tâcher de lui nuire ?
J'attendrai du hasard qu'il ose le détruire ?
Et je satisferai des devoirs si pressants
100 Par une haine obscure et des vœux impuissants ?
Sa perte, que je veux, me deviendrait amère,
Si quelqu'un l'immolait à d'autres qu'à mon père ;
Et tu verrais mes pleurs couler pour son trépas,
Qui le faisant périr ne me vengerait pas.

---

1. **Mon courage** : ma détermination.
2. **Vendre son sang** : trahir sa famille.

105 C'est une lâcheté que de remettre à d'autres
    Les intérêts publics qui s'attachent aux nôtres[1].
    Joignons à la douceur de venger nos parents
    La gloire qu'on remporte à punir les tyrans,
    Et faisons publier par toute l'Italie :
110 « La liberté de Rome est l'œuvre d'Émilie ;
    On a touché son âme, et son cœur s'est épris ;
    Mais elle n'a donné son amour qu'à ce prix. »

FULVIE

Votre amour à ce prix n'est qu'un présent funeste[2]
Qui porte à votre amant sa perte manifeste.
115 Pensez mieux, Émilie, à quoi vous l'exposez,
    Combien à cet écueil se sont déjà brisés ;
    Ne vous aveuglez point quand sa mort est visible.

ÉMILIE

Ah ! tu sais me frapper par où je suis sensible.
Quand je songe aux dangers que je lui fais courir,
120 La crainte de sa mort me fait déjà mourir ;
    Mon esprit en désordre à soi-même s'oppose :
    Je veux et ne veux pas, je m'emporte et je n'ose ;
    Et mon devoir confus, languissant, étonné[3],
    Cède aux rébellions de mon cœur mutiné.
125 Tout beau[4], ma passion, deviens un peu moins forte ;
    Tu vois bien des hasards, ils sont grands, mais n'importe :
    Cinna n'est pas perdu pour être hasardé.
    De quelques légions qu'Auguste soit gardé,
    Quelque soin[5] qu'il se donne et quelque ordre qu'il tienne,
130 Qui méprise sa vie est maître de la sienne.

---

1. **Les intérêts publics qui s'attachent aux nôtres** : les intérêts de l'État, liés à ceux d'Émilie.
2. **Un présent funeste** : un cadeau empoisonné.
3. **Étonné** : frappé par le tonnerre, terrorisé.
4. **Tout beau** : doucement, petit à petit.
5. **Soin** : voir note 1 p. 57.

Plus le péril est grand, plus doux en est le fruit ;
La vertu[1] nous y jette, et la gloire le suit.
Quoi qu'il en soit, qu'Auguste ou que Cinna périsse,
Aux mânes[2] paternels je dois ce sacrifice ;
135 Cinna me l'a promis en recevant ma foi[3],
Et ce coup seul aussi le rend digne de moi.
Il est tard, après tout, de m'en vouloir dédire.
Aujourd'hui l'on s'assemble, aujourd'hui l'on conspire ;
L'heure, le lieu, le bras[4] se choisit aujourd'hui ;
140 Et c'est à faire enfin à mourir après lui[5].

---

1. **La vertu** : la force morale.
2. **Aux mânes** (masc. pl.) : aux esprits des ancêtres.
3. **Ma foi** : ma parole, mon engagement amoureux.
4. **Le bras** : celui qui portera les premiers coups.
5. **Et c'est à faire enfin à mourir après lui** : en cas d'échec, mon seul recours est la mort.

Une héroïne déterminée

REPÈRES

1. Quel lien peut-on établir entre la première tirade d'Émilie (vers 69 et suivants) et le monologue qui précède ?
2. Étudiez le rôle du personnage de Fulvie et caractérisez-le à l'aide de quelques adjectifs.
3. Quels sont les principaux arguments de Fulvie ?

OBSERVATIONS

4. Émilie se définit comme fille de proscrit. Est-ce dans son esprit un éloge ou une dévalorisation ?
5. L'orgueil d'Émilie éclate dans une formule frappante (vers 110-112) que vous commenterez.
6. Par quels moyens stylistiques la dernière tirade d'Émilie signale-t-elle l'imminence de l'action ?
7. Des deux personnages, quel est le plus raisonnable ?
8. Dans la dernière tirade de Fulvie, quels sont les termes qui renforcent sa déclaration ? Peut-on dire que les rôles s'inversent ?

INTERPRÉTATIONS

9. Émilie se confie-t-elle ou se justifie-t-elle en s'adressant à sa confidente ?
10. L'amour d'Émilie est-il ici sacrifié à la notion de devoir, à l'amour-propre exalté ou à la piété filiale ?
11. Émilie entend-elle le discours de Fulvie ?

DE LA LECTURE À L'ÉCRITURE

12. Un metteur en scène moderne, jugeant que la confidente de l'héroïne tragique n'était qu'une autre voix de celle-ci, propose un découpage différent de ce type de scène. Tentez de récrire les trois premières répliques avec une autre distribution du texte.

SCÈNE 3. CINNA, ÉMILIE, FULVIE.

ÉMILIE

Mais le voici qui vient. Cinna, votre assemblée
Par l'effroi du péril n'est-elle point troublée ?
Et reconnaissez-vous au front de vos amis
Qu'ils soient prêts à tenir ce qu'ils vous ont promis ?

CINNA

145 Jamais contre un tyran entreprise conçue
Ne permit d'espérer une si belle issue ;
Jamais de telle ardeur on n'en jura la mort,
Et jamais conjurés ne furent mieux d'accord ;
Tous s'y montrent portés avec tant d'allégresse,
150 Qu'ils semblent, comme moi, servir une maîtresse[1] ;
Et tous font éclater un si puissant courroux,
Qu'ils semblent tous venger un père, comme vous.

ÉMILIE

Je l'avais bien prévu, que pour un tel ouvrage
Cinna saurait choisir des hommes de courage,
155 Et ne remettrait pas en de mauvaises mains
L'intérêt d'Émilie et celui des Romains.

CINNA

Plût aux Dieux que vous-même eussiez vu de quel zèle
Cette troupe entreprend une action si belle !
Au seul nom de César, d'Auguste, et d'empereur,
160 Vous eussiez vu leurs yeux s'enflammer de fureur,
Et dans un même instant, par un effet contraire,
Leur front pâlir d'horreur et rougir de colère.
« Amis, leur ai-je dit, voici le jour heureux
Qui doit conclure enfin nos desseins généreux[2] :
165 Le Ciel entre nos mains a mis le sort de Rome,

---

1. Une maîtresse : une femme fiancée à l'homme qu'elle aime.
2. Nos desseins généreux : nos nobles projets.

Et son salut dépend de la perte d'un homme,
Si l'on doit le nom d'homme à qui n'a rien d'humain,
À ce tigre altéré de tout le sang romain.
Combien pour le répandre a-t-il formé de brigues[1] !
170 Combien de fois changé de partis et de ligues[2],
Tantôt ami d'Antoine, et tantôt ennemi[3],
Et jamais insolent ni cruel à demi ! »
Là, par un long récit de toutes les misères
Que durant notre enfance ont enduré nos pères,
175 Renouvelant leur haine avec leur souvenir,
Je redouble en leurs cœurs l'ardeur de le punir.
Je leur fais des tableaux de ces tristes batailles
Où Rome par ses mains déchirait ses entrailles,
Où l'aigle abattait l'aigle[4], et de chaque côté
180 Nos légions s'armaient contre leur liberté ;
Où les meilleurs soldats et les chefs les plus braves
Mettaient toute leur gloire à devenir esclaves ;
Où, pour mieux assurer la honte de leurs fers[5],
Tous voulaient à leur chaîne attacher l'univers ;
185 Et l'exécrable honneur de lui donner un maître
Faisant aimer à tous l'infâme nom de traître,
Romains contre Romains, parents contre parents,
Combattaient seulement pour le choix des tyrans.
J'ajoute à ces tableaux la peinture effroyable

---

1. **Brigues** (nom féminin) : intrigues méprisables.
2. **Ligues** : alliances subversives.
3. **Tantôt ami d'Antoine, et tantôt ennemi** : en mars 43 av. J.-C., Octave, futur empereur Auguste, bat l'armée d'Antoine à Modène, puis s'allie avec lui et Lépide pour former un second triumvirat* (après celui de César, Pompée et Crassus en 60 av. J.-C.) en novembre de la même année. Après avoir triomphé des républicains en 42, Octave et Antoine s'affrontent de nouveau devant Actium en 31 pour la prise du pouvoir.
4. **Où l'aigle abattait l'aigle** : l'aigle figure sur les drapeaux des légions romaines ; l'expression signifie qu'il s'agit là d'une guerre civile.
5. **Pour mieux assurer la honte de leurs fers** : pour renforcer les chaînes de leur esclavage.

190 De leur concorde impie[1], affreuse, inexorable ;
    Funeste aux gens de bien, aux riches, au sénat,
    Et pour tout dire enfin, de leur triumvirat,
    Mais je ne trouve point de couleurs assez noires
    Pour en représenter les tragiques histoires.
195 Je les peins dans le meurtre à l'envi triomphants[2],
    Rome entière noyée au sang de ses enfants :
    Les uns assassinés dans les places publiques,
    Les autres dans le sein de leurs dieux domestiques ;
    Le méchant par le prix au crime encouragé ;
200 Le mari par sa femme en son lit égorgé ;
    Le fils tout dégouttant du meurtre de son père,
    Et sa tête à la main demandant son salaire,
    Sans pouvoir exprimer par tant d'horribles traits
    Qu'un crayon[3] imparfait de leur sanglante paix.
205 Vous dirai-je les noms de ces grands personnages
    Dont j'ai dépeint les morts pour aigrir les courages[4],
    De ces fameux proscrits[5], ces demi-dieux mortels,
    Qu'on a sacrifiés jusque sur les autels ?
    Mais pourrais-je vous dire à quelle impatience,
210 À quels frémissements, à quelle violence,
    Ces indignes trépas, quoique mal figurés,
    Ont porté les esprits de tous nos conjurés ?
    Je n'ai point perdu temps, et voyant leur colère
    Au point de ne rien craindre, en état de tout faire,
215 J'ajoute en peu de mots : « Toutes ces cruautés,
    La perte de nos biens et de nos libertés,
    Le ravage des champs, le pillage des villes,
    Et les proscriptions, et les guerres civiles,

---

1. **De leur concorde impie** : de leur entente contraire à l'intérêt de la patrie.
2. **Dans le meurtre à l'envi triomphants** : rivalisant de cruauté.
3. **Un crayon** : une esquisse.
4. **Aigrir les courages** : irriter le cœur.
5. **Proscrits** : voir note 4 p. 59.

Sont les degrés[1] sanglants dont Auguste a fait choix
220 Pour monter dans le trône et nous donner des lois.
Mais nous pouvons changer un destin si funeste,
Puisque de trois tyrans[2] c'est le seul qui nous reste,
Et que, juste une fois, il s'est privé d'appui,
Perdant, pour régner seul, deux méchants comme lui.
225 Lui mort, nous n'avons point de vengeur ni de maître ;
Avec la liberté Rome s'en va renaître ;
Et nous mériterons le nom de vrais Romains
Si le joug qui l'accable est brisé par nos mains.
Prenons l'occasion tandis qu'elle est propice :
230 Demain au Capitole[3] il fait un sacrifice :
Qu'il en soit la victime, et faisons en ces lieux
Justice à tout le monde, à la face des Dieux :
Là presque pour sa suite il n'a que notre troupe ;
C'est de ma main qu'il prend et l'encens et la coupe[4] ;
235 Et je veux pour signal que cette même main
Lui donne, au lieu d'encens, d'un poignard dans le sein.
Ainsi d'un coup mortel la victime frappée
Fera voir si je suis du sang du grand Pompée[5] ;
Faites voir après moi si vous vous souvenez
240 Des illustres aïeux de qui vous êtes nés. »
À peine ai-je achevé, que chacun renouvelle,
Par un noble serment, le vœu d'être fidèle :

---

1. **Degrés** : voir note 4 p. 55.
2. **Trois tyrans** : ce sont les triumvirs* Octave, Lépide et Antoine. Voir note 3 p. 65.
3. **Capitole** : désigne l'une des sept collines de Rome et le temple de Jupiter qui s'y trouve.
4. **C'est de ma main qu'il prend et l'encens et la coupe** : l'encens et la coupe de libation (vin offert aux dieux) font partie du rituel du sacrifice à Rome ; Auguste est grand pontife, Cinna est prêtre de Jupiter. Voir « Enjeux politiques et Histoire romaine », p. 182.
5. **Si je suis du sang du grand Pompée** : Cinna est petit-fils de Pompée, rival malheureux de Jules César.

L'occasion leur plaît ; mais chacun veut pour soi
L'honneur du premier coup, que j'ai choisi pour moi.
245 La raison règle enfin l'ardeur qui les emporte :
Maxime et la moitié s'assurent de la porte ;
L'autre moitié me suit, et doit l'environner,
Prête au moindre signal que je voudrai donner.
Voilà, belle Émilie, à quel point nous en sommes.
250 Demain j'attends la haine ou la faveur[1] des hommes,
Le nom de parricide[2] ou de libérateur,
César celui de prince[3] ou d'un usurpateur.
Du succès qu'on obtient contre la tyrannie
Dépend ou notre gloire ou notre ignominie ;
255 Et le peuple, inégal à l'endroit des tyrans,
S'il les déteste morts, les adore vivants.
Pour moi, soit que le Ciel me soit dur ou propice,
Qu'il m'élève à la gloire ou me livre au supplice,
Que Rome se déclare ou pour ou contre nous,
260 Mourant pour vous servir, tout me semblera doux.

ÉMILIE

Ne crains point de succès qui souille ta mémoire :
Le bon et le mauvais sont égaux pour ta gloire ;
Et dans un tel dessein, le manque de bonheur[4]
Met en péril ta vie, et non pas ton honneur.
265 Regarde le malheur de Brute et de Cassie[5].
La splendeur de leurs noms en est-elle obscurcie ?
Sont-ils morts tous entiers avec leurs grands desseins ?

---

1. La faveur : la popularité.
2. Parricide : meurtre du père ; Cinna n'est pas le fils d'Auguste, mais le souverain est une figure paternelle à ses yeux.
3. Prince : souverain.
4. Le manque de bonheur : l'échec.
5. Le malheur de Brute et de Cassie : meurtriers de César, les républicains* Brutus et Cassius ont été battus par Octave et Antoine à la bataille de Philippes en Macédoine (42 av. J.-C.).

Ne les compte-t-on plus pour les derniers Romains ?
Leur mémoire dans Rome est encore précieuse,
270 Autant que de César[1] la vie est odieuse ;
Si leur vainqueur y règne, ils y sont regrettés
Et par les vœux de tous leurs pareils souhaités[2].
Va marcher sur leurs pas où l'honneur te convie :
Mais ne perds pas le soin de conserver ta vie ;
275 Souviens-toi du beau feu[3] dont nous sommes épris,
Qu'aussi bien que la gloire Émilie est ton prix,
Que tu me dois ton cœur, que mes faveurs t'attendent,
Que tes jours me sont chers, que les miens en dépendent.
Mais quelle occasion mène Évandre vers nous ?

---

1. **César** : il s'agit d'Octave Auguste, fils adoptif de Jules César.
2. **Et par les vœux de tous leurs pareils souhaités** : tous souhaitent des républicains* aussi valeureux que Brutus et Cassius.
3. **Feu** : la flamme amoureuse.

CINNA EXHORTE LES CONJURÉS

REPÈRES

1. Quel est l'intérêt de différer l'entrée du personnage éponyme* de la pièce ?

2. Le discours de Cinna correspond-il à ce qui a été dit de lui auparavant ?

3. Quelle est la fonction des répliques qui ouvrent et ferment cette scène ?

OBSERVATIONS

4. La tirade de Cinna (vers 157-260) pourrait paraître longue aux spectateurs. Par quels procédés rhétoriques et stylistiques Corneille évite-t-il cet écueil ?

5. Pourquoi Cinna fonde-t-il son entreprise (le meurtre d'Auguste) sur le passé de Rome ?

6. Quelle est la fonction des discours adressés par Cinna aux conjurés ?

7. Comment Cinna anime-t-il le tableau qu'il brosse des combats fratricides entre Romains (vers 189-208) ?

8. Au vers 219, Cinna reprend une image déjà utilisée par Émilie dans la première scène. En quoi est-elle particulièrement frappante ?

INTERPRÉTATIONS

9. Cinna est-il un vrai héros ? Ses motivations sont-elles pures ?

10. Quelle place tient l'amour de Cinna et d'Émilie dans cette scène ?

DE LA LECTURE À L'ÉCRITURE

11. Le personnage de Fulvie reste muet : les convenances lui interdisent d'intervenir. Imaginez ses attitudes pendant le discours de Cinna.

SCÈNE 4. CINNA, ÉMILIE, ÉVANDRE, FULVIE.

ÉVANDRE

280 Seigneur, César vous mande[1], et Maxime avec vous.

CINNA

Et Maxime avec moi ? Le sais-tu bien, Évandre ?

ÉVANDRE

Polyclète est encor chez vous à vous attendre,
Et fût venu lui-même avec moi vous chercher,
Si ma dextérité n'eût su l'en empêcher ;
285 Je vous en donne avis, de peur d'une surprise[2].
Il presse fort[3].

ÉMILIE

Mander[4] les chefs de l'entreprise !
Tous deux ! en même temps ! Vous êtes découverts !

CINNA

Espérons mieux, de grâce.

ÉMILIE

Ah ! Cinna, je te perds !
Et les Dieux, obstinés à nous donner un maître,
290 Parmi tes vrais amis ont mêlé quelque traître.
Il n'en faut point douter, Auguste a tout appris.
Quoi ? tous deux ! et sitôt que le conseil[5] est pris !

CINNA

Je ne vous puis celer[6] que son ordre m'étonne[7] ;
Mais souvent il m'appelle auprès de sa personne ;

---

1. **César vous mande :** César vous convoque.
2. **Une surprise :** un piège.
3. **Il presse fort :** il est urgent.
4. **Mander :** voir note 1 sur cette page.
5. **Le conseil :** la décision.
6. **Celer :** cacher.
7. **Étonne :** voir note 3 p. 61.

295 Maxime est comme moi de ses plus confidents,
Et nous nous alarmons peut-être en imprudents.

ÉMILIE

Sois moins ingénieux à te tromper toi-même,
Cinna ; ne porte point mes maux jusqu'à l'extrême ;
Et puisque désormais tu ne peux me venger,
300 Dérobe au moins ta tête à ce mortel danger ;
Fuis d'Auguste irrité l'implacable colère.
Je verse assez de pleurs pour la mort de mon père ;
N'aigris point[1] ma douleur par un nouveau tourment,
Et ne me réduis point à pleurer mon amant[2].

CINNA

305 Quoi ? sur l'illusion d'une terreur panique[3],
Trahir vos intérêts et la cause publique !
Par cette lâcheté moi-même m'accuser,
Et tout abandonner quand il faut tout oser !
Que feront nos amis si vous êtes déçue[4] ?

ÉMILIE

310 Mais que deviendras-tu si l'entreprise est sue ?

CINNA

S'il est pour me trahir des esprits assez bas,
Ma vertu[5] pour le moins ne me trahira pas ;
Vous la verrez brillante, au bord des précipices,
Se couronner de gloire en bravant les supplices,
315 Rendre Auguste jaloux du sang qu'il répandra,
Et le faire trembler alors qu'il me perdra.
Je deviendrais suspect à tarder davantage.
Adieu, raffermissez ce généreux courage.

---

1. N'aigris point : n'exacerbe pas.
2. Mon amant : voir note 1 p. 56.
3. Panique : injustifiée.
4. Si vous êtes déçue : si vous vous trompez.
5. Ma vertu : ma fierté.

S'il faut subir le coup d'un destin rigoureux,
320 Je mourrai tout ensemble heureux et malheureux :
Heureux pour vous servir de perdre ainsi la vie,
Malheureux de mourir sans vous avoir servie.

ÉMILIE

Oui, va, n'écoute plus ma voix qui te retient :
Mon trouble se dissipe, et ma raison revient.
325 Pardonne à mon amour cette indigne faiblesse.
Tu voudrais fuir en vain, Cinna, je le confesse.
Si tout est découvert, Auguste a su pourvoir
À ne te laisser pas ta fuite en ton pouvoir.
Porte, porte chez lui cette mâle assurance,
330 Digne de notre amour, digne de ta naissance ;
Meurs, s'il y faut mourir, en citoyen romain,
Et par un beau trépas couronne un beau dessein.
Ne crains pas qu'après toi rien ici me retienne :
Ta mort emportera mon âme vers la tienne ;
335 Et mon cœur, aussitôt percé des mêmes coups...

CINNA

Ah ! souffrez que tout mort je vive encore en vous ;
Et du moins en mourant permettez que j'espère
Que vous saurez venger l'amant[1] avec le père.
Rien n'est pour vous à craindre : aucun de nos amis
340 Ne sait ni vos desseins, ni ce qui m'est promis ;
Et leur parlant tantôt des misères romaines,
Je leur ai tu la mort qui fait naître nos haines[2],
De peur que mon ardeur touchant vos intérêts,
D'un si parfait amour ne trahît les secrets :
345 Il n'est su que d'Évandre et de votre Fulvie.

ÉMILIE

Avec moins de frayeur je vais donc chez Livie,

---

1. L'amant : voir note 1 p. 56.
2. La mort qui fait naître nos haines : il s'agit de la mort du père d'Émilie.

Puisque dans ton péril il me reste un moyen
De faire agir pour toi son crédit[1] et le mien ;
Mais si mon amitié par là ne te délivre,
350 N'espère pas qu'enfin je veuille te survivre.
Je fais de ton destin des règles à mon sort,
Et j'obtiendrai ta vie, ou je suivrai ta mort.

CINNA

Soyez en ma faveur moins cruelle à vous-même.

ÉMILIE

Va-t'en, et souviens-toi seulement que je t'aime.

---

1. **Son crédit :** son influence.

LA MONTÉE DES PÉRILS

REPÈRES

1. Comment qualifier l'entrée d'Évandre ? Qu'ajoute-t-elle à la tension dramatique* ?

2. Montrez que la réaction d'Émilie est liée à sa jeunesse.

3. Que peut-on craindre de l'ordre d'Auguste ?

OBSERVATIONS

4. Le conseil d'Émilie à Cinna (vers 300 et suivants) peut nous surprendre. Comparez son attitude à ses prises de position antérieures.

5. Cinna se transforme sous nos yeux. Expliquez.

6. Le thème de la mort des amants prend ici une place prépondérante : peut-on parler de renversement des valeurs ? Justifiez votre réponse.

7. Comment se combinent les trois thèmes de la mort, de l'amour, de la naissance ?

8. Commentez le dernier vers de la scène et de l'acte, notamment l'opposition entre la dureté de l'attaque et le lyrisme du dernier mot.

INTERPRÉTATIONS

9. Qu'est-ce qui préoccupe le plus Cinna ? Sur quoi repose son honneur ?

10. Émilie lève le masque : montrez que cette scène est nécessaire à l'action mais aussi à la construction du personnage.

11. Qui des deux amants est le plus touchant, le plus faible ?

12. Faites le schéma des divers états d'âme d'Émilie. Peut-on dire qu'ils s'enchaînent ?

DE LA LECTURE À L'ÉCRITURE

13. Les vers 319 à 322 forment un quatrain qui pourrait constituer le début d'un sonnet irrégulier (deux quatrains suivis de deux tercets). En vous préoccupant du rythme, du sens et non des rimes, composez la suite de ce sonnet lyrique.

UN ACTE D'EXPOSITION

Dès la première scène, le spectateur entre de plain-pied dans l'action : Émilie est au paroxysme de la colère, et elle s'exhorte à y demeurer. La conjuration est décidée ; il reste à savoir quelle attitude adoptera Cinna.

1. Sur quel personnage cet acte est-il centré ?
2. Pour quelles raisons dramatiques Corneille a-t-il fait ce choix ?
3. Quel est le personnage absent qui pèse de tout son poids sur cet acte ? Quel portrait contrasté le spectateur peut-il s'en faire d'après les dernières déclarations à son sujet ?
4. Chaque scène fait appel à un personnage de plus : à quoi correspond cette multiplication ?
5. Cinna est-il convaincant ?

UNE ACTION EN GESTATION

Le discours de Cinna (acte I, scène 3) nous offre la représentation de l'action. On découvre l'habileté de Cinna à mobiliser un groupe. Pour cela, il rappelle les crimes passés du tyran, sur lesquels il a fondé son autorité.

6. L'action progresse-t-elle dans cet acte ?
7. Quels sont les facteurs stylistiques et scéniques qui contribuent à la montée du suspens ?
8. Peut-on dire que l'idée de vengeance, née dans la tête d'Émilie, gagne peu à peu d'autres personnages, présents ou évoqués ?
9. Quel est le poids du passé dans cet acte ?

LE ROYAUME DES MORTS

Émilie souhaite la mort d'Auguste parce qu'il a tué son père. Pour convaincre les conjurés, Cinna évoque les exactions du tyran. Lui-même risque sa vie et peut entraîner ses compagnons dans la mort. L'amour le transporte et, malgré le danger, lui fait oublier la mort.

10. Les propos d'Émilie et de Cinna tendent à redessiner une image de Rome : laquelle ?
11. Le danger de mort, collective ou individuelle, plane sur tout l'acte : montrez comment les tableaux d'horreur portent le spectateur à imaginer une fin tragique.
12. La trahison est suggérée plutôt qu'envisagée précisément. Quel intérêt présente cette discrétion ?

ACTE II

Dans l'appartement d'Auguste.

SCÈNE PREMIÈRE. AUGUSTE, CINNA, MAXIME, TROUPE DE COURTISANS.

AUGUSTE

355 Que chacun se retire, et qu'aucun n'entre ici.
Vous, Cinna, demeurez, et vous, Maxime, aussi.

Tous se retirent, à la réserve de Cinna et de Maxime.

Cet empire absolu sur la terre et sur l'onde,
Ce pouvoir souverain que j'ai sur tout le monde,
Cette grandeur sans borne et cet illustre rang,
360 Qui m'a jadis coûté tant de peine et de sang,
Enfin tout ce qu'adore en ma haute fortune
D'un courtisan flatteur la présence importune,
N'est que de ces beautés dont l'éclat éblouit,
Et qu'on cesse d'aimer sitôt qu'on en jouit.
365 L'ambition déplaît quand elle est assouvie,
D'une contraire ardeur son ardeur est suivie ;
Et comme notre esprit, jusqu'au dernier soupir,
Toujours vers quelque objet pousse quelque désir,
Il se ramène en soi, n'ayant plus où se prendre,
370 Et monté sur le faîte, il aspire à descendre.
J'ai souhaité l'empire[1], et j'y suis parvenu ;
Mais en le souhaitant, je ne l'ai pas connu :
Dans sa possession j'ai trouvé pour tous charmes
D'effroyables soucis, d'éternelles alarmes,

---

1. L'empire : le pouvoir suprême.

375 Mille ennemis secrets, la mort à tous propos,
Point de plaisir sans trouble, et jamais de repos.
Sylla[1] m'a précédé dans ce pouvoir suprême ;
Le grand César, mon père[2], en a joui de même ;
D'un œil si différent tous deux l'ont regardé,

380 Que l'un s'en est démis et l'autre l'a gardé ;
Mais l'un, cruel, barbare, est mort aimé, tranquille,
Comme un bon citoyen dans le sein de sa ville ;
L'autre, tout débonnaire, au milieu du sénat
A vu trancher ses jours par un assassinat.

385 Ces exemples récents suffiraient pour m'instruire,
Si par l'exemple seul on se devait conduire :
L'un m'invite à le suivre, et l'autre me fait peur ;
Mais l'exemple souvent n'est qu'un miroir trompeur,
Et l'ordre du destin qui gêne nos pensées[3]

390 N'est pas toujours écrit dans les choses passées :
Quelquefois l'un se brise où l'autre s'est sauvé,
Et par où l'un périt un autre est conservé.
Voilà, mes chers amis, ce qui me met en peine.
Vous, qui me tenez lieu d'Agrippe[4] et de Mécène[5],

395 Pour résoudre ce point avec eux débattu,
Prenez sur mon esprit le pouvoir qu'ils ont eu.
Ne considérez point cette grandeur suprême,
Odieuse aux Romains, et pesante à moi-même ;

1. **Sylla** : Sylla fut vainqueur de Marius en 82 av. J.-C. Il régna par la terreur et les proscriptions jusqu'en 79 av. J.-C. puis redevint simple citoyen et mourut sans être inquiété.
2. **Le grand César, mon père** : Jules César, grand-oncle et père adoptif d'Octave Auguste, fut assassiné au Sénat en mars 44 av. J.-C.
3. **Qui gêne nos pensées** : qui exerce sa contrainte sur nos pensées.
4. **Agrippe** : Agrippa, conseiller du prince, fut le compagnon d'études d'Octave puis son conseiller dans les guerres civiles.
5. **Mécène** : conseiller du prince lui aussi, Mécène est connu pour avoir encouragé les poètes Virgile et Horace. L'historien Dion Cassius raconte que, tenté d'abdiquer, Auguste consulta Mécène et Agrippa pour avoir leur avis sur ce projet d'abdication.

Traitez-moi comme ami, non comme souverain ;
400 Rome, Auguste, l'État, tout est en votre main :
Vous mettrez et l'Europe, et l'Asie, et l'Afrique,
Sous les lois d'un monarque, ou d'une république ;
Votre avis est ma règle, et par ce seul moyen
Je veux être empereur, ou simple citoyen.

CINNA

405 Malgré notre surprise, et mon insuffisance,
Je vous obéirai, seigneur, sans complaisance,
Et mets bas le respect qui pourrait m'empêcher
De combattre un avis où vous semblez pencher,
Souffrez-le d'un esprit jaloux de votre gloire[1],
410 Que vous allez souiller d'une tache trop noire,
Si vous ouvrez votre âme à ces impressions
Jusques à condamner toutes vos actions.
On ne renonce point aux grandeurs légitimes ;
On garde sans remords ce qu'on acquiert sans crimes ;
415 Et plus le bien qu'on quitte est noble, grand, exquis,
Plus qui l'ose quitter le juge mal acquis.
N'imprimez pas, seigneur, cette honteuse marque
À ces rares vertus qui vous ont fait monarque ;
Vous l'êtes justement[2], et c'est sans attentat
420 Que vous avez changé la forme de l'État.
Rome est dessous vos lois par le droit de la guerre,
Qui sous les lois de Rome a mis toute la terre ;
Vos armes l'ont conquise, et tous les conquérants
Pour être usurpateurs ne sont pas des tyrans ;
425 Quand ils ont sous leurs lois asservi des provinces,
Gouvernant justement, ils s'en font justes[3] princes :
C'est ce que fit César ; il vous faut aujourd'hui

---

1. **Jaloux de votre gloire** : soucieux de votre renommée.
2. **Justement** : à juste titre.
3. **Justes** : légitimes.

Condamner sa mémoire, ou faire comme lui.
Si le pouvoir suprême est blâmé par Auguste,
430 César fut un tyran, et son trépas fut juste,
Et vous devez aux Dieux compte de tout le sang
Dont vous l'avez vengé pour monter à son rang.
N'en craignez point, seigneur, les tristes destinées ;
Un plus puissant démon[1] veille sur vos années :
435 On a dix fois sur vous attenté sans effet,
Et qui l'a voulu perdre au même instant l'a fait[2].
On entreprend assez, mais aucun n'exécute ;
Il est des assassins, mais il n'est plus de Brute.
Enfin, s'il faut attendre un semblable revers,
440 Il est beau de mourir maître de l'univers.
C'est ce qu'en peu de mots j'ose dire, et j'estime
Que ce peu que j'ai dit est l'avis de Maxime.

MAXIME

Oui, j'accorde qu'Auguste a droit de conserver
L'empire où sa vertu l'a fait seule arriver,
445 Et qu'au prix de son sang, au péril de sa tête,
Il a fait de l'État une juste conquête ;
Mais que sans se noircir, il ne puisse quitter
Le fardeau que sa main est lasse de porter,
Qu'il accuse par là César de tyrannie,
450 Qu'il approuve sa mort, c'est ce que je dénie.
Rome est à vous, seigneur, l'empire est votre bien ;
Chacun en liberté peut disposer du sien :
Il le peut à son choix garder, ou s'en défaire ;
Vous seul ne pourriez pas ce que peut le vulgaire[3],
455 Et seriez devenu, pour avoir tout dompté,
Esclave des grandeurs où vous êtes monté !

---

1. **Démon** : génie.
2. **Et qui l'a voulu perdre au même instant l'a fait** : Brutus, qui a voulu
assassiner César, n'a pas manqué son coup.
3. **Le vulgaire** : le commun des hommes.

Possédez-les, seigneur, sans qu'elles vous possèdent.
Loin de vous captiver[1], souffrez qu'elles vous cèdent ;
Et faites hautement connaître enfin à tous
460. Que tout ce qu'elles ont est au-dessous de vous.
Votre Rome autrefois vous donna la naissance ;
Vous lui voulez donner votre toute-puissance ;
Et Cinna vous impute à crime capital
La libéralité vers[2] le pays natal !
465. Il appelle remords l'amour de la patrie !
Par la haute vertu la gloire est donc flétrie,
Et ce n'est qu'un objet digne de nos mépris,
Si de ses pleins effets l'infamie est le prix[3] !
Je veux bien avouer qu'une action si belle
470. Donne à Rome bien plus que vous ne tenez d'elle ;
Mais commet-on un crime indigne de pardon,
Quand la reconnaissance est au-dessus du don ?
Suivez, suivez, seigneur, le Ciel qui vous inspire :
Votre gloire redouble à mépriser l'empire ;
475. Et vous serez fameux chez la postérité,
Moins pour l'avoir conquis que pour l'avoir quitté.
Le bonheur[4] peut conduire à la grandeur suprême ;
Mais pour y renoncer il faut la vertu même ;
Et peu de généreux vont jusqu'à dédaigner,
480. Après un sceptre acquis[5], la douceur de régner.
Considérez d'ailleurs que vous régnez dans Rome,
Où, de quelque façon que votre cour vous nomme,
On hait la monarchie ; et le nom d'empereur,
Cachant celui de roi, ne fait pas moins d'horreur.
485. Ils passent pour tyran[6] quiconque s'y fait maître ;

---

1. **Captiver** : aliéner.
2. **Vers** : envers.
3. **Si de ses pleins effets l'infamie est le prix** : s'il se déshonore en abdiquant.
4. **Le bonheur** : la chance, la fortune.
5. **Après un sceptre acquis** : après la conquête du pouvoir.
6. **Ils passent pour tyran** : les Romains considèrent comme un tyran.

Qui le sert, pour esclave, et qui l'aime, pour traître ;
Qui le souffre a le cœur lâche, mol, abattu,
Et pour s'en affranchir tout s'appelle vertu.
Vous en avez, seigneur, des preuves trop certaines :
490 On a fait contre vous dix entreprises vaines ;
Peut-être que l'onzième est prête d'éclater,
Et que ce mouvement qui vous vient agiter
N'est qu'un avis secret que le Ciel vous envoie,
Qui pour vous conserver n'a plus que cette voie.
495 Ne vous exposez plus à ces fameux revers.
Il est beau de mourir maître de l'univers ;
Mais la plus belle mort souille notre mémoire,
Quand nous avons pu vivre et croître[1] notre gloire.

CINNA

Si l'amour du pays doit ici prévaloir,
500 C'est son bien seulement que vous devez vouloir ;
Et cette liberté, qui lui semble si chère,
N'est pour Rome, seigneur, qu'un bien imaginaire,
Plus nuisible qu'utile, et qui n'approche pas
De celui qu'un bon prince apporte à ses États.
505 Avec ordre et raison les honneurs il dispense,
Avec discernement punit et récompense,
Et dispose de tout en juste possesseur,
Sans rien précipiter de peur d'un successeur.
Mais quand le peuple est maître, on n'agit qu'en tumulte :
510 La voix de la raison jamais ne se consulte.
Les honneurs sont vendus aux plus ambitieux,
L'autorité livrée aux plus séditieux.
Ces petits souverains qu'il fait pour une année[2],
Voyant d'un temps si court leur puissance bornée,

---

1. **Croître** : accroître.
2. **Ces petits souverains qu'il fait pour une année** : les deux consuls sont
élus pour un an.

515 Des plus heureux desseins font avorter le fruit,
De peur de le laisser à celui qui les suit.
Comme ils ont peu de part au bien dont ils ordonnent,
Dans le champ du public largement ils moissonnent,
Assurés que chacun leur pardonne aisément,
520 Espérant à son tour un pareil traitement :
Le pire des États, c'est l'État populaire[1].

AUGUSTE

Et toutefois le seul qui dans Rome peut plaire.
Cette haine des rois, que depuis cinq cents ans
Avec le premier lait sucent tous ses enfants,
525 Pour l'arracher des cœurs, est trop enracinée.

MAXIME

Oui, seigneur, dans son mal Rome est trop obstinée ;
Son peuple, qui s'y plaît, en fuit la guérison :
Sa coutume l'emporte, et non pas la raison ;
Et cette vieille erreur, que Cinna veut abattre,
530 Est une heureuse erreur dont il est idolâtre,
Par qui le monde entier, asservi sous ses lois,
L'a vu cent fois marcher sur la tête des rois,
Son épargne s'enfler du sac de leurs provinces[2].
Que lui pouvaient de plus donner les meilleurs princes ?
535 J'ose dire, seigneur, que par tous les climats
Ne sont pas bien reçus toutes sortes d'États ;
Chaque peuple a le sien conforme à sa nature,
Qu'on ne saurait changer sans lui faire une injure[3] :
Telle est la loi du Ciel, dont la sage équité
540 Sème dans l'univers cette diversité.

---

1. L'État populaire : l'État démocratique.
2. Son épargne s'enfler du sac de leurs provinces : le pillage de nombreux royaumes a enrichi la république romaine.
3. Une injure : une injustice.

83

Les Macédoniens[1] aiment le monarchique,
Et le reste des Grecs[2] la liberté publique ;
Les Parthes, les Persans[3] veulent des souverains,
Et le seul consulat est bon pour les Romains.

CINNA

545 Il est vrai que du ciel la prudence infinie
Départ[4] à chaque peuple un différent génie ;
Mais il n'est pas moins vrai que cet ordre des cieux
Change selon les temps comme selon les lieux.
Rome a reçu des rois ses murs et sa naissance ;
550 Elle tient des consuls sa gloire et sa puissance ;
Et reçoit maintenant de vos rares bontés
Le comble souverain de ses prospérités.
Sous vous, l'État n'est plus en pillage aux armées ;
Les portes de Janus par vos mains sont fermées[5],
555 Ce que sous ses consuls on n'a vu qu'une fois[6]
Et qu'a fait voir comme eux le second de ses rois[7].

MAXIME

Les changements d'État que fait l'ordre céleste
Ne coûtent point de sang, n'ont rien qui soit funeste.

---

1. **Les Macédoniens** : les rois macédoniens les plus célèbres sont Philippe, vainqueur d'Athènes en 338 av. J.-C., son fils Alexandre le Grand et Persée, fils de Philippe V et dernier roi de Macédoine.
2. **Le reste des Grecs** : allusion à Thèbes et à Athènes.
3. **Les Parthes, les Persans** : excellents archers et bons cavaliers, les Parthes (territoire de l'Irak) mirent en échec l'armée romaine par des actions de guerilla. Les Persans (Perses) eurent des souverains appelés Grands Rois.
4. **Départ** : du verbe *départir*, « attribuer ».
5. **Les portes de Janus par vos mains sont fermées** : les portes du temple de Janus, dieu des Portes et du premier mois de l'année (janvier), étaient fermées en temps de paix.
6. **Ce que sous ses consuls on n'a vu qu'une fois** : cet événement se situe en 241 av. J.-C., à la fin de la première guerre punique, c'est-à-dire à la fin de la guerre des Romains contre les Carthaginois.
7. **Le second de ses rois** : il s'agit de Numa, roi pieux et pacifique, qui succède au belliqueux Romulus.

CINNA

C'est un ordre des Dieux qui jamais ne se rompt,
560 De nous vendre un peu cher les grands biens qu'ils nous font.
L'exil des Tarquins même ensanglanta nos terres,
Et nos premiers consuls nous ont coûté des guerres[1].

MAXIME

Donc votre aïeul Pompée au Ciel a résisté
Quand il a combattu pour notre liberté[2] ?

CINNA

565 Si le Ciel n'eût voulu que Rome l'eût perdue,
Par les mains de Pompée il l'aurait défendue :
Il a choisi sa mort pour servir dignement
D'une marque éternelle à ce grand changement,
Et devait cette gloire aux mânes d'un tel homme,
570 D'emporter avec eux la liberté de Rome.
Ce nom depuis longtemps ne sert qu'à l'éblouir[3],
Et sa propre grandeur l'empêche d'en jouir.
Depuis qu'elle se voit la maîtresse du monde,
Depuis que la richesse entre ses murs abonde,
575 Et que son sein, fécond en glorieux exploits,
Produit des citoyens plus puissants que des rois,
Les grands, pour s'affermir achetant les suffrages,
Tiennent pompeusement leurs maîtres à leurs gages,
Qui par des fers dorés se laissant enchaîner,

---

1. **L'exil des Tarquins même ensanglanta nos terres / Et nos premiers consuls nous ont coûté des guerres** : en 509 av. J.-C., Brutus, ancêtre du meurtrier de César, chassa de Rome le roi Tarquin le Superbe. Cela provoqua des guerres avec les Étrusques, peuple de civilisation plus avancée que celle de la Rome primitive. Tarquin était d'origine étrusque ; l'Étrurie est la province de l'actuelle Florence.
2. **Votre aïeul Pompée au Ciel a résisté / quand il a combattu pour notre liberté** : grand-père de Cinna, Pompée a défendu le Sénat romain à Pharsale, en Thessalie, en 48 av. J.-C. C'est Jules César, général rebelle, qui gagne la bataille. Voir « Enjeux politiques et Histoire romaine », p. 182.
3. **Éblouir** : aveugler.

580 Reçoivent d'eux les lois qu'ils pensent leur donner.
Envieux l'un de l'autre, ils mènent tout par brigues[1]
Que leur ambition tourne en sanglantes ligues[2].
Ainsi de Marius Sylla[3] devint jaloux :
César, de mon aïeul ; Marc-Antoine[4], de vous ;
585 Ainsi la liberté ne peut plus être utile
Qu'à former les fureurs d'une guerre civile,
Lorsque par un désordre à l'univers fatal,
L'un[5] ne veut point de maître, et l'autre[6] point d'égal.
Seigneur, pour sauver Rome, il faut qu'elle s'unisse
590 En la main d'un bon chef à qui tout obéisse.
Si vous aimez encore à la favoriser,
Ôtez-lui les moyens de se plus diviser.
Sylla, quittant la place enfin bien usurpée,
N'a fait qu'ouvrir le champ à César et Pompée,
595 Que le malheur des temps ne nous eût pas fait voir,
S'il eût dans sa famille assuré son pouvoir.
Qu'a fait du grand César le cruel parricide,
Qu'élever contre vous Antoine avec Lépide[7],
Qui n'eussent pas détruit Rome par les Romains,
600 Si César eût laissé l'empire entre vos mains ?
Vous la replongerez, en quittant cet empire,
Dans les maux dont à peine encore elle respire,
Et de ce peu, seigneur, qui lui reste de sang
Une guerre nouvelle épuisera son flanc.
605 Que l'amour du pays, que la pitié vous touche ;
Votre Rome à genoux vous parle par ma bouche.

---

1. Brigues : voir note 1 p. 65.
2. Ligues : voir note 2 p. 65.
3. Sylla : voir note 1 p. 78.
4. Marc-Antoine : plus connu sous le nom d'Antoine, il fut l'amant de la reine Cléopâtre et le rival d'Octave Auguste.
5. L'un : il s'agit de César.
6. L'autre : il s'agit de Pompée.
7. Antoine avec Lépide : voir note 3 p. 65.

Considérez le prix que vous avez coûté ;
Non pas qu'elle vous croie avoir trop acheté ;
Des maux qu'elle a soufferts elle est trop bien payée ;
610 Mais une juste peur tient son âme effrayée ;
Si jaloux de son heur[1], et las de commander,
Vous lui rendez un bien qu'elle ne peut garder,
S'il lui faut à ce prix en acheter un autre,
Si vous ne préférez son intérêt au vôtre,
615 Si ce funeste don la met au désespoir,
Je n'ose dire ici ce que j'ose prévoir.
Conservez-vous, seigneur, en lui laissant un maître
Sous qui son vrai bonheur commence de renaître ;
Et pour mieux assurer le bien commun de tous,
620 Donnez un successeur qui soit digne de vous.

AUGUSTE

N'en délibérons plus, cette pitié l'emporte.
Mon repos m'est bien cher, mais Rome est la plus forte ;
Et quelque grand malheur qui m'en puisse arriver,
Je consens à me perdre afin de la sauver.
625 Pour ma tranquillité mon cœur en vain soupire :
Cinna, par vos conseils je retiendrai l'empire[2] ;
Mais je le retiendrai pour vous en faire part.
Je vois trop que vos cœurs n'ont point pour moi de fard[3]
Et que chacun de vous, dans l'avis qu'il me donne,
630 Regarde seulement l'État et ma personne.
Votre amour en tous deux fait ce combat d'esprits,
Et vous allez tous deux en recevoir le prix.
Maxime, je vous fais gouverneur de Sicile :
Allez donner mes lois à ce terroir fertile,
635 Songez que c'est pour moi que vous gouvernerez,

---

1. **Si jaloux de son heur** : si préoccupé de son bonheur.
2. **Je retiendrai l'empire** : je garderai le pouvoir suprême.
3. **Vos cœurs n'ont point pour moi de fard** : vos cœurs ne se déguisent pas.

Et que je répondrai de ce que vous ferez.
Pour épouse, Cinna, je vous donne Émilie :
Vous savez qu'elle tient la place de Julie[1].
Et que si nos malheurs et la nécessité
640 M'ont fait traiter son père avec sévérité,
Mon épargne depuis en sa faveur ouverte
Doit avoir adouci l'aigreur de cette perte.
Voyez-la de ma part, tâchez de la gagner :
Vous n'êtes point pour elle un homme à dédaigner ;
645 De l'offre de vos vœux elle sera ravie.
Adieu : j'en veux porter la nouvelle à Livie.

---

1. **Julie :** fille d'Auguste, elle épousa Agrippa, puis le futur empereur
Tibère, et fut bannie jusqu'à sa mort pour son inconduite notoire.

UNE SCÈNE DE DÉLIBÉRATION POLITIQUE

REPÈRES

1. Le personnage d'Auguste apparaît enfin. Quel est l'intérêt de cette entrée différée ?
2. Auguste, dans un premier temps (jusqu'au vers 302), s'adresse-t-il à ceux qu'il a convoqués ?
3. Dans la peinture qu'il fait de l'Empire, quels sont les sentiments mis en avant ?

OBSERVATIONS

4. Relevez des effets de balancement dans la première tirade d'Auguste.
5. Quelles sont les formules les plus frappantes dans la réponse de Cinna ? À quoi pense-t-il ?
6. Le terme de monarque est significatif : à quelle théorie politique se réfère ce débat ?
7. Le personnage de Maxime, qui apparaît lui aussi pour la première fois, est-il d'accord avec Cinna ? Quelle thèse défend-il ?
8. La grandeur d'un monarque peut-elle s'affirmer par le renoncement ?

INTERPRÉTATIONS

9. Cinna trahit-il ses convictions en défendant la monarchie absolue ?
10. Un monarque peut-il oublier ce qui l'a conduit au pouvoir ?
11. Étudiez la modernité de cette scène : le spectateur est au courant du complot, mais Auguste ne l'est pas. Quelle ambiguïté engendre cette différence ?

DE LA LECTURE À L'ÉCRITURE

12. Résumez en un paragraphe clair l'argumentation d'Auguste dans sa première tirade.

SCÈNE 2. CINNA, MAXIME.

MAXIME

Quel est votre dessein après ces beaux discours ?

CINNA

Le même que j'avais, et que j'aurai toujours.

MAXIME

Un chef de conjurés flatte la tyrannie !

CINNA

650 Un chef de conjurés la veut voir impunie !

MAXIME

Je veux voir Rome libre.

CINNA

Et vous pouvez juger
Que je veux l'affranchir ensemble et la venger[1].
Octave aura donc vu ses fureurs assouvies,
Pillé jusqu'aux autels, sacrifié nos vies,
655 Rempli les champs d'horreur, comblé Rome de morts,
Et sera quitte après pour l'effet d'un remords !
Quand le Ciel par nos mains à le punir s'apprête,
Un lâche repentir garantira sa tête !
C'est trop semer d'appas, et c'est trop inviter
660 Par son impunité quelque autre à l'imiter ;
Vengeons nos citoyens, et que sa peine étonne
Quiconque après sa mort aspire à la couronne.
Que le peuple aux tyrans ne soit plus exposé :
S'il eût puni Sylla, César eût moins osé.

MAXIME

665 Mais la mort de César, que vous trouvez si juste,
A servi de prétexte aux cruautés d'Auguste.

---

1. **L'affranchir ensemble et la venger** : l'affranchir et la venger tout à la fois.

Voulant nous affranchir, Brute s'est abusé :
S'il n'eût puni César, Auguste eût moins osé.

CINNA

La faute de Cassie, et ses terreurs paniques[1],
670 Ont fait rentrer l'État sous des lois tyranniques ;
Mais nous ne verrons point de pareils accidents,
Lorsque Rome suivra des chefs moins imprudents.

MAXIME

Nous sommes encor loin de mettre en évidence
Si nous nous conduirons avec plus de prudence ;
675 Cependant c'en est peu que de n'accepter pas
Le bonheur qu'on recherche au péril du trépas.

CINNA

C'en est encor bien moins, alors qu'on s'imagine
Guérir un mal si grand sans couper la racine ;
Employer la douceur à cette guérison,
680 C'est, en fermant la plaie, y verser du poison.

MAXIME

Vous la voulez sanglante, et la rendez douteuse.

CINNA

Vous la voulez sans peine, et la rendez honteuse.

MAXIME

Pour sortir de ses fers jamais on ne rougit.

CINNA

On en sort lâchement, si la vertu n'agit.

---

1. La faute de Cassie, et ses terreurs paniques : Cassie est Cassius, l'un des deux chefs du complot contre Jules César ; à la bataille de Philippes, en 42 av. J.-C., il préjugea de sa défaite et se fit tuer, ce qui hâta la victoire d'Octave sur les républicains.

MAXIME

685 Jamais la liberté ne cesse d'être aimable[1] ;
Et c'est toujours pour Rome un bien inestimable.

CINNA

Ce ne peut être un bien qu'elle daigne estimer,
Quand il vient d'une main lasse de l'opprimer :
Elle a le cœur trop bon pour se voir avec joie
690 Le rebut du tyran dont elle fut la proie ;
Et tout ce que la gloire a de vrais partisans
Le hait trop puissamment pour aimer ses présents.

MAXIME

Donc pour vous Émilie est un objet de haine ?

CINNA

La recevoir de lui me serait une gêne[2].
695 Mais quand j'aurai vengé Rome des maux soufferts,
Je saurai le braver jusque dans les enfers.
Oui, quand par son trépas je l'aurai méritée,
Je veux joindre à sa main ma main ensanglantée,
L'épouser sur sa cendre, et qu'après notre effort
700 Les présents du tyran soient le prix de sa mort.

MAXIME

Mais l'apparence, ami, que vous puissiez lui plaire,
Teint du sang de celui qu'elle aime comme un père ?
Car vous n'êtes pas homme à la violenter.

CINNA

Ami, dans ce palais on peut nous écouter,
705 Et nous parlons peut-être avec trop d'imprudence
Dans un lieu si mal propre à notre confidence :
Sortons ; qu'en sûreté j'examine avec vous,
Pour en venir à bout, les moyens les plus doux.

---

1. **Aimable** : digne d'être aimée.
2. **Une gêne** : une torture.

LES CONFIDENCES DE CINNA

REPÈRES

1. Dans quel état d'esprit se trouve Maxime quand il aborde Cinna ?
2. Cinna doute-t-il de l'amitié de Maxime ?
3. Exposez le dilemme* dans lequel se trouve Cinna.
4. Maxime pousse son ami à libérer Rome du tyran. Pourquoi a-t-il changé d'avis ? (voir la scène 1 de l'acte II).

OBSERVATIONS

5. Relevez les qualificatifs attribués à Auguste (César) et ceux qui sont attribués à Émilie : en quoi définissent-ils le tourment de Cinna ?
6. Le rapprochement entre les paroles d'Auguste et les intentions de Cinna signifie-t-il que Cinna a le goût du pouvoir ?
7. Vengeance et piété filiale : comparez la situation de Cinna et celle de Rodrigue dans *le Cid*.

INTERPRÉTATIONS

8. Montrez que l'hésitation de Cinna est une sorte de rebondissement.
9. Quel rôle joue Maxime dans cette scène ?

DE LA LECTURE À L'ÉCRITURE

10. Le spectateur prend ici ses distances avec le personnage de Cinna et se rapproche de celui d'Auguste. Justifiez ce changement de point de vue dans un discours construit.

UN ACTE DE RÉFLEXION POLITIQUE

Le personnage d'Auguste apparaît enfin et se montre, par ses discours, différent de ce que le spectateur imaginait. Devant ses proches, il analyse son histoire et ses relations avec le pouvoir et l'empire.

1. Comment se comporter face à un ancien tyran ? Les réponses varient selon les personnages.

2. Un des personnages suit sa logique propre quelle que soit la situation : qui est-il ? Montrez qu'il prend de l'envergure.

3. L'opposition entre Cinna et Maxime n'est-elle qu'une opposition d'idées ?

LA MONTÉE DES PÉRILS

Émilie n'apparaît pas dans cet acte ; elle partage cependant les périls avec Cinna et Maxime, puisqu'elle est à l'origine de la conjuration. Mais le trio se désagrège face à un tyran humain et las du pouvoir. La bienveillance d'Auguste est un visage plus dangereux que sa tyrannie.

4. Chacun des trois personnages se trouve en situation difficile. Montrez-le.

5. Le pouvoir est dangereux, mais le renoncement d'Auguste l'est plus encore. Pourquoi ?

6. À la fin de cet acte, toute l'action reste en suspens ; expliquez pourquoi.

STYLE ET DRAMATURGIE

La lenteur d'Auguste dans son premier discours est voulue : il attend des conseils, il semble sincère, mais Cinna l'est-il lorsqu'il lui recommande de conserver l'empire ? L'ennui qui pourrait naître de longues tirades est balayé par leur contenu : une réflexion pénétrante sur les enjeux du pouvoir et, derrière ce qui est dit, les arrière-pensées des trois protagonistes. La conjuration reste donc bien présente dans l'esprit du spectateur.

7. Les scènes 1 et 2 de cet acte sont construites et écrites de façon très différente : pourquoi ?

8. Malgré l'importance de l'enjeu dans la scène 1, Corneille a évité la grandiloquence. À quel autre genre littéraire que le genre dramatique peut-on penser ?

9. Cinna et Maxime utilisent des sentences : dans quel but ?

10. Émilie, qui n'apparaît pas dans cet acte, est cependant très présente dans la scène 2. Quel rôle Cinna et Maxime lui donnent-ils ?

ACTE III

Dans l'appartement d'Émilie.

SCÈNE PREMIÈRE. MAXIME, EUPHORBE.

MAXIME

Lui-même, il m'a tout dit : leur flamme[1] est mutuelle ;
710 Il adore Émilie, il est adoré d'elle ;
Mais sans venger son père il n'y peut aspirer ;
Et c'est pour l'acquérir qu'il nous fait conspirer.

EUPHORBE

Je ne m'étonne plus de cette violence
Dont il contraint Auguste à garder sa puissance :
715 La ligue se romprait s'il[2] s'en était démis,
Et tous vos conjurés deviendraient ses amis.

MAXIME

Ils servent à l'envi[3] la passion d'un homme
Qui n'agit que pour soi, feignant d'agir pour Rome ;
Et moi, par un malheur qui n'eut jamais d'égal,
720 Je pense servir Rome, et je sers mon rival.

EUPHORBE

Vous êtes son rival ?

MAXIME

Oui, j'aime sa maîtresse[4],
Et l'ai caché toujours avec assez d'adresse ;
Mon ardeur inconnue, avant que d'éclater,
Par quelque grand exploit la voulait mériter :

---

1. **Leur flamme :** leur amour.
2. **Il :** il s'agit d'Auguste.
3. **À l'envi :** en rivalisant de zèle.
4. **Sa maîtresse :** voir note 1 p. 64.

725 Cependant par mes mains je vois qu'il me l'enlève ;
   Son dessein fait ma perte, et c'est moi qui l'achève ;
   J'avance[1] des succès dont j'attends le trépas,
   Et pour m'assassiner je lui prête mon bras.
   Que l'amitié me plonge en un malheur extrême !

EUPHORBE

730 L'issue en est aisée : agissez pour vous-même ;
   D'un dessein qui vous perd rompez le coup fatal ;
   Gagnez une maîtresse[2], accusant un rival.
   Auguste, à qui par là vous sauverez la vie,
   Ne vous pourra jamais refuser Émilie.

MAXIME

735 Quoi ! trahir mon ami !

EUPHORBE

                          L'amour rend tout permis ;
   Un véritable amant[3] ne connaît point d'amis,
   Et même avec justice on peut trahir un traître
   Qui pour une maîtresse ose trahir son maître :
   Oubliez l'amitié, comme lui les bienfaits.

MAXIME

740 C'est un exemple à fuir que celui des forfaits.

EUPHORBE

   Contre un si noir dessein tout devient légitime :
   On n'est point criminel quand on punit un crime.

MAXIME

   Un crime par qui Rome obtient sa liberté !

EUPHORBE

   Craignez tout d'un esprit si plein de lâcheté.
745 L'intérêt du pays n'est point ce qui l'engage ;

---

1. J'avance : je hâte.
2. Une maîtresse : voir note 1 p. 64.
3. Amant : voir note 1 p. 56.

Le sien, et non la gloire, anime son courage[1].
Il aimerait César, s'il n'était amoureux,
Et n'est enfin qu'ingrat, et non pas généreux.
Pensez-vous avoir lu jusqu'au fond de son âme ?
750 Sous la cause publique il vous cachait sa flamme,
Et peut cacher encor sous cette passion
Les détestables feux de son ambition.
Peut-être qu'il prétend après la mort d'Octave,
Au lieu d'affranchir Rome, en faire son esclave,
755 Qu'il vous compte déjà pour un de ses sujets,
Ou que sur votre perte il fonde ses projets.

MAXIME

Mais comment l'accuser sans nommer tout le reste ?
À tous nos conjurés l'avis[2] serait funeste,
Et par là nous verrions indignement trahis
760 Ceux qu'engage avec nous le seul bien du pays.
D'un si lâche dessein mon âme est incapable :
Il perd trop d'innocents pour punir un coupable.
J'ose tout contre lui, mais je crains tout pour eux.

EUPHORBE

Auguste s'est lassé d'être si rigoureux ;
765 En ces occasions, ennuyé de supplices[3],
Ayant puni les chefs, il pardonne aux complices.
Si toutefois pour eux vous craignez son courroux,
Quand vous lui parlerez, parlez au nom de tous.

MAXIME

Nous disputons en vain, et ce n'est que folie
770 De vouloir par sa perte acquérir Émilie :
Ce n'est pas le moyen de plaire à ses beaux yeux
Que de priver du jour ce qu'elle aime le mieux.

---

1. **Son courage** : son cœur.
2. **L'avis** : la dénonciation.
3. **Ennuyé de supplices** : profondément écœuré par les supplices.

Pour moi j'estime peu qu'Auguste me la donne :
Je veux gagner son cœur plutôt que sa personne,
775 Et ne fais point d'état de sa possession,
Si je n'ai point de part à son affection.
Puis-je la mériter par une triple offense ?
Je trahis son amant[1], je détruis sa vengeance,
Je conserve le sang qu'elle veut voir périr ;
780 Et j'aurais quelque espoir qu'elle me pût chérir ?

EUPHORBE

C'est ce qu'à dire vrai je vois fort difficile.
L'artifice[2] pourtant vous y peut être utile ;
Il en faut trouver un qui la puisse abuser,
Et du reste le temps en pourra disposer.

MAXIME

785 Mais si pour s'excuser[3] il nomme sa complice,
S'il arrive qu'Auguste avec lui la punisse,
Puis-je lui demander pour prix de mon rapport[4],
Celle qui nous oblige à conspirer sa mort ?

EUPHORBE

Vous pourriez m'opposer tant et de tels obstacles
790 Que pour les surmonter il faudrait des miracles ;
J'espère, toutefois, qu'à force d'y rêver…

MAXIME

Éloigne-toi ; dans peu j'irai te retrouver :
Cinna vient, et je veux en tirer quelque chose,
Pour mieux résoudre après ce que je me propose.

---

1. **Amant :** voir note 1 p. 56.
2. **L'artifice :** la ruse.
3. **Pour s'excuser :** pour se disculper.
4. **Mon rapport :** ma dénonciation.

UN AMOUREUX DÉPITÉ

REPÈRES

1. Comparez l'attaque de l'acte III et celle de l'acte II. Pourrait-on parler de « temps fort » et de « temps faible » ? Justifiez votre réponse.
2. Sommes-nous toujours dans le registre politique ?
3. Quel effet produit sur Maxime la révélation de l'amour réciproque d'Émilie et de Cinna ?
4. Montrez que Maxime est jaloux dans tous les sens du terme.

OBSERVATIONS

5. Étudiez les ruses d'Euphorbe pour circonvenir Maxime.
6. Quelle progression peut-on constater dans les arguments d'Euphorbe ?
7. Pourquoi Euphorbe utilise-t-il des sentences ? Sont-elles toutes méprisables ?
8. La trahison proposée par Euphorbe comporte certains dangers. Quels sont-ils ?

INTERPRÉTATIONS

9. Maxime se laisse peu à peu persuader par Euphorbe. Peut-on dire qu'il se montre faible d'emblée ?
10. Maxime n'est pas tout à fait décidé : à l'issue de cette scène, qu'est-ce qui transforme la situation de façon irréversible ?

DE LA LECTURE À L'ÉCRITURE

11. La scène s'interrompt à l'arrivée de Cinna. Imaginez d'autres arguments d'Euphorbe qui pourraient mieux convaincre Maxime.

SCÈNE 2. CINNA, MAXIME.

MAXIME

795 Vous me semblez pensif.

CINNA

Ce n'est pas sans sujet.

MAXIME

Puis-je d'un tel chagrin savoir quel est l'objet[1] ?

CINNA

Émilie et César, l'un et l'autre me gêne[2] :
L'un me semble trop bon, l'autre trop inhumaine.
Plût aux Dieux que César employât mieux ses soins,
800 Et s'en fît plus aimer, ou m'aimât un peu moins ;
Que sa bonté touchât la beauté qui me charme,
Et la pût adoucir comme elle me désarme !
Je sens au fond du cœur mille remords cuisants,
Qui rendent à mes yeux tous ses bienfaits présents ;
805 Cette faveur si pleine[3], et si mal reconnue,
Par un mortel reproche à tous moments me tue.
Il me semble surtout incessamment le voir
Déposer en nos mains son absolu pouvoir,
Écouter nos avis, m'applaudir, et me dire :
810 « Cinna, par vos conseils je retiendrai l'empire ;
Mais je le retiendrai pour vous en faire part. »
Et je puis dans son sein enfoncer un poignard !
Ah ! plutôt... Mais, hélas ! j'idolâtre Émilie ;
Un serment exécrable à sa haine me lie ;
815 L'horreur qu'elle a de lui me le rend odieux :
Des deux côtés j'offense et ma gloire et les Dieux ;

---

1. **Quel est l'objet** : quelle est la raison.
2. **Me gêne** : me met au supplice.
3. **Pleine** : entière.

Je deviens sacrilège, ou je suis parricide[1],
Et vers l'un ou vers l'autre il faut être perfide.

MAXIME

Vous n'aviez point tantôt ces agitations[2] ;
820 Vous paraissiez plus ferme en vos intentions ;
Vous ne sentiez au cœur ni remords ni reproche.

CINNA

On ne les sent aussi que quand le coup approche,
Et l'on ne reconnaît de semblables forfaits
Que quand la main s'apprête à venir aux effets[3].
825 L'âme, de son dessein jusque-là possédée,
S'attache aveuglément à sa première idée ;
Mais alors quel esprit n'en devient point troublé ?
Ou plutôt quel esprit n'en est point accablé ?
Je crois que Brute même, à tel point qu'on le prise[4],
830 Voulut plus d'une fois rompre son entreprise,
Qu'avant que de frapper elle lui fit sentir
Plus d'un remords en l'âme, et plus d'un repentir.

MAXIME

Il eut trop de vertu pour tant d'inquiétude ;
Il ne soupçonna point sa main d'ingratitude,
835 Et fut contre un tyran d'autant plus animé
Qu'il en reçut de biens et qu'il s'en vit aimé.
Comme vous l'imitez, faites la même chose,
Et formez vos remords d'une plus juste cause,
De vos lâches conseils, qui seuls ont arrêté
840 Le bonheur renaissant de notre liberté.
C'est vous seul aujourd'hui qui nous l'avez ôtée ;
De la main de César Brute l'eût acceptée,

---

1. **Parricide** : voir note 2 p. 68.
2. **Agitations** : irrésolution.
3. **Venir aux effets** : accomplir l'acte.
4. **On le prise** : quelle que soit l'estime qu'on a pour lui.

Et n'eût jamais souffert qu'un intérêt léger
De vengeance ou d'amour l'eût remise en danger.
845 N'écoutez plus la voix d'un tyran qui vous aime,
Et vous veut faire part de son pouvoir suprême ;
Mais entendez crier Rome à votre côté :
« Rends-moi, rends-moi, Cinna, ce que tu m'as ôté ;
Et si tu m'as tantôt préféré ta maîtresse[1],
850 Ne me préfère pas le tyran qui m'oppresse. »

CINNA

Ami, n'accable plus un esprit malheureux
Qui ne forme qu'en lâche un dessein généreux.
Envers nos citoyens je sais quelle est ma faute,
Et leur rendrai bientôt tout ce que je leur ôte ;
855 Mais pardonne aux abois[2] d'une vieille amitié,
Qui ne peut expirer sans me faire pitié,
Et laisse-moi, de grâce, attendant Émilie,
Donner un libre cours à ma mélancolie.
Mon chagrin t'importune, et le trouble où je suis
860 Veut de la solitude à calmer tant d'ennuis[3].

MAXIME

Vous voulez rendre compte à l'objet qui vous blesse[4]
De la bonté d'Octave et de votre faiblesse ;
L'entretien des amants veut un entier secret.
Adieu : je me retire en confident discret.

---

1. **Maîtresse** : voir note 1 p. 64.
2. **Abois** : dernières manifestations.
3. **Calmer tant d'ennuis** : apaiser tant de tourments.
4. **L'objet qui vous blesse** : Émilie est l'objet aimé.

UN COMMENTAIRE DANS LA PIÈCE ?

REPÈRES

1. Pourquoi Maxime feint-il de ne rien savoir ?
2. Lequel des deux personnages s'exprime le plus ? Peut-on dire, pour autant, que l'autre n'est qu'un confident ?
3. Les remords de Cinna sont-ils plausibles ?
4. À quel moment de l'action cette scène est-elle censée se dérouler ?

OBSERVATIONS

5. L'exemple de Brutus est évoqué par deux fois (vers 829 et vers 842). Faites la différence entre ces deux évocations.
6. Les reproches de Maxime sont-ils légitimes ? Peut-on y voir un signe de machiavélisme* ?
7. Par deux fois, le discours direct est utilisé (vers 810-812 et 848-850). Dans quels buts ?
8. Relevez les qualificatifs qui caractérisent Émilie dans la bouche de Cinna et tirez-en les remarques qui s'imposent.

INTERPRÉTATIONS

9. Maxime est un personnage fuyant : veut-il se faire une idée de la force de Cinna (malgré ses doutes) ou s'enfoncer un peu plus dans la trahison ?
10. D'après le vers 858, Cinna peut-il être sauvé par lui-même ?
11. Montrez d'après cette scène que les deux personnages ont évolué. En quoi cette évolution est-elle tragique ?

SCÈNE 3. CINNA.

865 Donne un plus digne nom[1] au glorieux empire
    Du noble sentiment que la vertu m'inspire,
    Et que l'honneur oppose au coup précipité
    De mon ingratitude et de ma lâcheté,
    Mais plutôt continue à le nommer faiblesse,
870 Puisqu'il devient si faible auprès d'une maîtresse,
    Qu'il respecte un amour qu'il devrait étouffer,
    Ou que, s'il le combat, il n'ose en triompher.
    En ces extrémités quel conseil[2] dois-je prendre ?
    De quel côté pencher ? à quel parti me rendre ?
875 Qu'une âme généreuse a de peine à faillir !
    Quelque fruit que par là j'espère de cueillir,
    Les douceurs de l'amour, celles de la vengeance,
    La gloire d'affranchir le lieu de ma naissance,
    N'ont point assez d'appas[3] pour flatter ma raison,
880 S'il les faut acquérir par une trahison,
    S'il faut percer le flanc d'un prince magnanime
    Qui du peu que je suis fait une telle estime,
    Qui me comble d'honneurs, qui m'accable de biens,
    Qui ne prend pour régner de conseils que les miens.
885 Ô coup ! ô trahison trop indigne d'un homme !
    Dure, dure à jamais l'esclavage de Rome !
    Périsse mon amour, périsse mon espoir,
    Plutôt que de ma main parte un crime si noir !
    Quoi ? ne m'offre-t-il pas tout ce que je souhaite,
890 Et qu'au prix de son sang ma passion achète ?
    Pour jouir de ses dons faut-il l'assassiner ?
    Et faut-il lui ravir ce qu'il me veut donner ?
    Mais je dépends de vous, ô serment téméraire,

---

1. **Donne un plus digne nom** : sous-entendre : que le nom de faiblesse.
2. **Quel conseil** : quelle résolution.
3. **Appas** : séductions.

Ô haine d'Émilie, ô souvenir d'un père !
895 Ma foi, mon cœur, mon bras, tout vous est engagé,
Et je ne puis plus rien que par votre congé[1] :
C'est à vous à régler ce qu'il faut que je fasse ;
C'est à vous, Émilie, à lui donner sa grâce ;
Vos seules volontés président à son sort,
900 Et tiennent en mes mains et sa vie et sa mort.
Ô Dieux, qui comme vous la rendez adorable,
Rendez-la, comme vous, à mes vœux exorable[2] ;
Et puisque de ses lois je ne puis m'affranchir,
Faites qu'à mes désirs je la puisse fléchir.
905 Mais voici de retour cette aimable inhumaine.

---

1. **Votre congé :** votre autorisation.
2. **Exorable :** accessible à la prière (terme rare, même au XVIIe siècle).

MONOLOGUE DE CINNA

REPÈRES

1. Dans ce monologue, Cinna s'adresse à plusieurs personnages. Lesquels, et pourquoi ?

2. C'est le deuxième monologue de la pièce. Quels sont les points communs et les différences avec celui d'Émilie qui ouvre la tragédie ?

3. Étudiez les proportions des divers mouvements de ce monologue. Qu'en déduisez-vous sur l'état psychologique du personnage ?

4. Quel ton Cinna adopte-t-il dans ce monologue ?

OBSERVATIONS

5. En quoi ce monologue fait-il progresser l'action ?

6. En vous appuyant sur l'étude du vocabulaire, notamment des adjectifs, vous direz quel portrait d'Auguste Cinna présente ici.

7. Quel est le rôle des répétitions, des anaphores ?

8. Commentez la dernière expression du monologue : « cette aimable inhumaine ».

INTERPRÉTATIONS

9. Le personnage de Cinna évolue avec la situation. Pourquoi l'angoisse s'empare-t-elle de lui à ce moment précis ? Le spectateur peut-il croire qu'il est faible ou velléitaire ?

DE LA LECTURE À L'ÉCRITURE

10. Imaginez les déplacements, les tons de voix et les attitudes de Cinna pendant ce monologue.

11. Justifiez la place de ce monologue dans l'ensemble de l'acte.

12. Pourquoi ce monologue est-il exactement placé au centre de la pièce ?

SCÈNE 4. ÉMILIE, CINNA, FULVIE.

ÉMILIE

Grâce aux Dieux, Cinna, ma frayeur était vaine :
Aucun de tes amis ne t'a manqué de foi[1],
Et je n'ai point eu lieu de m'employer pour toi.
Octave en ma présence a tout dit à Livie,
910 Et par cette nouvelle il m'a rendu la vie.

CINNA

Le désavouerez-vous, et du don qu'il me fait
Voudrez-vous retarder le bienheureux effet ?

ÉMILIE

L'effet est en ta main[2].

CINNA

Mais plutôt en la vôtre.

ÉMILIE

Je suis toujours moi-même, et mon cœur n'est point autre :
915 Me donner à Cinna, c'est ne lui donner rien,
C'est seulement lui faire un présent de son bien.

CINNA

Vous pouvez toutefois… ô Ciel ! l'osé-je dire ?

ÉMILIE

Que puis-je ? et que crains-tu ?

CINNA

Je tremble, je soupire,
Et vois que si nos cœurs avaient mêmes désirs,
920 Je n'aurais pas besoin d'expliquer mes soupirs.
Ainsi je suis trop sûr que je vais vous déplaire ;
Mais je n'ose parler, et je ne puis me taire.

---

1. **Ne t'a manqué de foi** : ne t'a trahi.
2. **L'effet est en ta main** : la réalisation dépend de toi.

ÉMILIE

C'est trop me gêner[1], parle.

CINNA

             Il faut vous obéir :
Je vais donc vous déplaire, et vous m'allez haïr.
925 Je vous aime, Émilie, et le Ciel me foudroie
Si cette passion ne fait toute ma joie,
Et si je ne vous aime avec toute l'ardeur
Que peut un digne objet attendre d'un grand cœur !
Mais voyez à quel prix vous me donnez votre âme :
930 En me rendant heureux vous me rendez infâme :
Cette bonté d'Auguste...

ÉMILIE

          Il suffit, je t'entends,
Je vois ton repentir et tes vœux inconstants[2] ;
Les faveurs du tyran emportent tes promesses ;
Tes feux et tes serments cèdent à ses caresses[3] ;
935 Et ton esprit crédule ose s'imaginer
Qu'Auguste, pouvant tout, peut aussi me donner.
Tu me veux de sa main plutôt que de la mienne ;
Mais ne crois pas qu'ainsi jamais je t'appartienne :
Il peut faire trembler la terre sous ses pas,
940 Mettre un roi hors du trône, et donner ses États,
De ses proscriptions[4] rougir la terre et l'onde,
Et changer à son gré l'ordre de tout le monde ;
Mais le cœur d'Émilie est hors de son pouvoir.

CINNA

Aussi n'est-ce qu'à vous que je veux le devoir.
945 Je suis toujours moi-même, et ma foi toujours pure :

---

1. **Me gêner** : me faire souffrir.
2. **Tes vœux inconstants** : ton irrésolution.
3. **Ses caresses** : ses démonstrations d'amitié.
4. **Proscriptions** : listes des proscrits, c'est-à-dire les citoyens à abattre.

La pitié que je sens ne me rend point parjure ;
J'obéis sans réserve à tous vos sentiments,
Et prends vos intérêts par delà mes serments.
J'ai pu, vous le savez, sans parjure et sans crime,
950 Vous laisser échapper cette illustre victime.
César se dépouillant du pouvoir souverain
Nous ôtait tout prétexte à lui percer le sein ;
La conjuration s'en allait dissipée,
Vos desseins avortés, votre haine trompée :
955 Moi seul j'ai raffermi son esprit étonné[1],
Et pour vous l'immoler ma main l'a couronné.

ÉMILIE

Pour me l'immoler, traître ! et tu veux que moi-même
Je retienne ta main ! qu'il vive, et que je l'aime !
Que je sois le butin de qui l'ose épargner,
960 Et le prix du conseil qui le force à régner !

CINNA

Ne me condamnez point quand je vous ai servie :
Sans moi, vous n'auriez plus de pouvoir sur sa vie ;
Et malgré ses bienfaits, je rends tout à l'amour,
Quand je veux qu'il périsse, ou vous doive le jour.
965 Avec les premiers vœux de mon obéissance,
Souffrez ce faible effort de ma reconnaissance,
Que je tâche de vaincre un indigne courroux,
Et vous donner pour lui l'amour qu'il a pour vous.
Une âme généreuse, et que la vertu guide,
970 Fuit la honte des noms d'ingrate et de perfide ;
Elle en hait l'infamie attachée au bonheur,
Et n'accepte aucun bien aux dépens de l'honneur.

---

1. Étonné : en plein désarroi.

ÉMILIE

Je fais gloire, pour moi, de cette ignominie :
La perfidie est noble envers la tyrannie ;
975 Et quand on rompt le cours d'un sort si malheureux[1],
Les cœurs les plus ingrats sont les plus généreux.

CINNA

Vous faites des vertus au gré de votre haine.

ÉMILIE

Je me fais des vertus dignes d'une Romaine.

CINNA

Un cœur vraiment romain...

ÉMILIE

Ose tout pour ravir
980 Une odieuse vie à qui le fait servir[2] ;
Il fuit plus que la mort la honte d'être esclave.

CINNA

C'est l'être avec honneur que de l'être d'Octave ;
Et nous voyons souvent des rois à nos genoux
Demander pour appui tels esclaves que nous.
985 Il abaisse à nos pieds l'orgueil des diadèmes,
Il nous fait souverains sur leurs grandeurs suprêmes ;
Il prend d'eux les tributs dont il nous enrichit,
Et leur impose un joug dont il nous affranchit.

ÉMILIE

L'indigne ambition que ton cœur se propose !
990 Pour être plus qu'un roi, tu te crois quelque chose !
Aux deux bouts de la terre en est-il un si vain
Qu'il prétende égaler un citoyen romain ?
Antoine sur sa tête attira notre haine

---

1. Un sort si malheureux : il s'agit du sort d'Auguste, tyran à l'origine des malheurs de Rome.
2. Le fait servir : le réduit en esclavage.

En se déshonorant par l'amour d'une reine[1] ;
995 Attale, ce grand roi, dans la pourpre blanchi,
Qui du peuple romain se nommait l'affranchi[2],
Quand de toute l'Asie il se fût vu l'arbitre,
Eût encor moins prisé son trône que ce titre.
Souviens-toi de ton nom, soutiens sa dignité ;
1000 Et prenant d'un Romain la générosité,
Sache qu'il n'en est point que le Ciel n'ait fait naître
Pour commander aux rois, et pour vivre sans maître.

CINNA

Le Ciel a trop fait voir en de tels attentats
Qu'il hait les assassins et punit les ingrats ;
1005 Et quoi qu'on entreprenne, et quoi qu'on exécute,
Quand il élève un trône, il en venge la chute ;
Il se met du parti de ceux qu'il fait régner ;
Le coup dont on les tue est longtemps à saigner ;
Et quand à les punir il a pu se résoudre,
1010 De pareils châtiments n'appartiennent qu'au foudre[3].

ÉMILIE

Dis que de leur parti toi-même tu te rends,
De te remettre au foudre à punir les tyrans.
Je ne t'en parle plus, va, sers la tyrannie ;
Abandonne ton âme à son lâche génie[4] ;
1015 Et pour rendre le calme à ton esprit flottant,
Oublie et ta naissance et le prix qui t'attend.
Sans emprunter ta main pour servir ma colère,

---

1. **Une reine** : il s'agit de Cléopâtre, reine d'Égypte.
2. **Attale, ce grand roi, dans la pourpre blanchi, / Qui du peuple romain se nommait l'affranchi** : Attale III, roi de Pergame, en Asie Mineure, légua son royaume aux Romains. C'est Prusias, le roi de la future tragédie *Nicomède*, qui se présenta à eux en costume d'affranchi, d'esclave libéré.
3. **Au foudre** : le mot « foudre », dans son sens figuré de « vengeance divine », est de genre masculin au XVIIᵉ siècle.
4. **Lâche génie** : mauvaise pente (tendance à la lâcheté).

Je saurai bien venger mon pays et mon père.

J'aurais déjà l'honneur d'un si fameux trépas,

1020 Si l'amour jusqu'ici n'eût arrêté mon bras :

C'est lui qui sous tes lois me tenant asservie,

M'a fait en ta faveur prendre soin de ma vie.

Seule contre un tyran, en le faisant périr,

Par les mains de sa garde il me fallait mourir :

1025 Je t'eusse par ma mort dérobé ta captive ;

Et comme pour toi seul l'amour veut que je vive,

J'ai voulu, mais en vain, me conserver pour toi,

Et te donner moyen d'être digne de moi.

Pardonnez-moi, grands Dieux, si je me suis trompée

1030 Quand j'ai pensé chérir un neveu[1] de Pompée,

Et si d'un faux-semblant mon esprit abusé

A fait choix d'un esclave en son lieu supposé[2].

Je t'aime toutefois, quel que tu puisses être,

Et si pour me gagner il faut trahir ton maître,

1035 Mille autres à l'envi recevraient cette loi,

S'ils pouvaient m'acquérir à même prix que toi.

Mais n'appréhende pas qu'un autre ainsi m'obtienne.

Vis pour ton cher tyran, tandis que je meurs tienne :

Mes jours avec les siens se vont précipiter,

1040 Puisque ta lâcheté n'ose me mériter.

Viens me voir, dans son sang et dans le mien baignée,

De ma seule vertu mourir accompagnée,

Et te dire en mourant d'un esprit satisfait :

« N'accuse point mon sort, c'est toi seul qui l'as fait ;

1045 Je descends dans la tombe où tu m'as condamnée,

Où la gloire me suit qui t'était destinée :

Je meurs en détruisant un pouvoir absolu ;

Mais je vivrais à toi, si tu l'avais voulu. »

---

1. **Un neveu** : un descendant ; Cinna est le petit-fils de Pompée.
2. **En son lieu supposé** : comme un imposteur qui lui serait substitué.

CINNA

Eh bien ! vous le voulez, il faut vous satisfaire,
1050 Il faut affranchir Rome, il faut venger un père,
Il faut sur un tyran porter de justes coups ;
Mais apprenez qu'Auguste est moins tyran que vous :
S'il nous ôte à son gré nos biens, nos jours, nos femmes,
Il n'a point jusqu'ici tyrannisé nos âmes ;
1055 Mais l'empire inhumain qu'exercent vos beautés
Force jusqu'aux esprits et jusqu'aux volontés.
Vous me faites priser[1] ce qui me déshonore ;
Vous me faites haïr ce que mon âme adore ;
Vous me faites répandre un sang pour qui je dois
1060 Exposer tout le mien et mille et mille fois :
Vous le voulez, j'y cours, ma parole est donnée ;
Mais ma main, aussitôt contre mon sein tournée,
Aux mânes[2] d'un tel prince immolant votre amant[3],
À mon crime forcé joindra mon châtiment,
1065 Et par cette action dans l'autre confondue,
Recouvrera ma gloire aussitôt que perdue.
Adieu.

---

1. Priser : estimer.
2. Mânes : voir note 2 p. 62.
3. Amant : voir note 1 p. 56.

Scène 5. Émilie, Fulvie.

FULVIE

Vous avez mis son âme au désespoir.

ÉMILIE

Qu'il cesse de m'aimer, ou suive son devoir.

FULVIE

Il va vous obéir aux dépens de sa vie :
1070 Vous en pleurez !

ÉMILIE

Hélas ! cours après lui, Fulvie,
Et si ton amitié daigne me secourir,
Arrache-lui du cœur ce dessein de mourir :
Dis-lui…

FULVIE

Qu'en sa faveur vous laissez vivre Auguste ?

ÉMILIE

Ah ! c'est faire à ma haine une loi trop injuste.

FULVIE

1075 Et quoi donc ?

ÉMILIE

Qu'il achève, et dégage sa foi[1],
Et qu'il choisisse après de la mort, ou de moi.

---

1. Et dégage sa foi : et s'acquitte de sa promesse.

DÉFINITION DE L'ÂME ROMAINE

REPÈRES

1. Dans quelles dispositions d'esprit se trouvent les deux amants au début de la scène ?

2. Montrez que l'incompréhension d'Émilie force Cinna à se découvrir.

3. Étudiez la progression de la colère chez Émilie.

4. En quoi ce dialogue est-il tragique ? Les deux personnages se comprennent-ils ?

OBSERVATION

5. Quelle impression donne l'alternance du tutoiement (de la part d'Émilie) et du vouvoiement (de la part de Cinna) ?

6. Quels arguments Cinna invoque-t-il pour convaincre Émilie ?

7. Le thème de la trahison revient ici dans la bouche d'Émilie. Quelle conception en a-t-elle ?

8. Dans sa dernière tirade, Émilie définit autrement son amour. En quels termes ?

INTERPRÉTATIONS

9. Cette fin d'acte est-elle centrée plutôt sur l'amour ou sur la politique ? Quelle ultime preuve d'amour les deux amants évoquent-ils tour à tour ?

10. Étudiez les divers aspects de l'âme romaine.

DE LA LECTURE À L'ÉCRITURE

11. Fulvie, témoin muet dans la scène 4, commet une bévue dans la scène 5. Relevez-la et faites un commentaire sur le rôle des confidents.

INSTABILITÉ

Placés dans une situation politique troublée, les personnages de cette tragédie le sont aussi, à la fois pour des raisons nobles – construction d'une nouvelle Rome – et d'autres plus obscures : l'amour peut-il reposer sur une trahison ?

1. Chacun des trois personnages est déchiré entre le sens de l'honneur et l'amour, partagé ou non.
2. Rapprochez et opposez les personnages entre eux.
3. Quelle est la figure la plus marquante de cet acte ? Justifiez votre réponse en citant et en commentant quelques vers.
4. Pour chacun des trois héros, la mort apparaît-elle comme une solution ?
5. Montrez la différence entre la tentation de trahir et le conseil qui pousse à la trahison.

TENSION DRAMATIQUE

Cinna est dans la position d'un homme qui voudrait tout garder : le respect qu'il éprouve envers Auguste et l'amour qu'il ressent pour Émilie. En cherchant à convaincre celle-ci, il se montre plus sincère qu'envers Auguste, mais Émilie ne s'attendrit pas pour autant.

6. Quelle est la scène la plus émouvante ? Pourquoi ?
7. La tyrannie est à la fois le socle politique de la pièce et un thème précieux. Expliquez.
8. Pourquoi Cinna essaie-t-il de convaincre Émilie ? Comment aborde-t-il le thème du pardon, essentiel dans une pièce qui a pour sous-titre « la clémence d'Auguste »?
9. La fin de cet acte équivaut-elle à un arrêt de mort ? Si oui, contre qui serait-il rendu ?

COMPOSITION DRAMATIQUE

Les rythmes de la tragédie sont variables. L'acte III marque un coup d'arrêt, un « suspens » dans le discours, avec le monologue de Cinna (scène 3). Ensuite, le mécanisme tragique se remet en marche vers une issue qui pour l'instant ne semble pouvoir être que tragique.

10. Montrez que l'acte III, souvent décisif dans une tragédie, l'est aussi dans *Cinna*. Une issue heureuse peut-elle être envisagée ?

11. Opposez la lenteur de la scène 3 à la marche inexorable des scènes 4 et 5.

12. Corneille a construit cet acte selon la même ligne mélodique que l'ensemble de la pièce. Expliquez.

13. D'après les réactions de Cinna et d'Émilie, définissez la générosité cornélienne.

ACTE IV

SCÈNE PREMIÈRE. AUGUSTE, EUPHORBE, POLYCLÈTE, GARDES.

AUGUSTE

Tout ce que tu me dis, Euphorbe, est incroyable.

EUPHORBE

Seigneur, le récit même en paraît effroyable :
On ne conçoit qu'à peine[1] une telle fureur[2],
1080 Et la seule pensée en fait frémir d'horreur.

AUGUSTE

Quoi ? mes plus chers amis ! quoi ? Cinna ! quoi ? Maxime !
Les deux que j'honorais d'une si haute estime,
À qui j'ouvrais mon cœur, et dont j'avais fait choix
Pour les plus importants et plus nobles emplois !
1085 Après qu'entre leurs mains j'ai remis mon empire,
Pour m'arracher le jour l'un et l'autre conspire !
Maxime a vu sa faute, il m'en fait avertir,
Et montre un cœur touché d'un juste repentir ;
Mais Cinna !

EUPHORBE

Cinna seul dans sa rage s'obstine,
1090 Et contre vos bontés d'autant plus se mutine ;
Lui seul combat encor les vertueux efforts[3]
Que sur les conjurés fait ce juste remords,
Et malgré les frayeurs à leurs regrets mêlées,
Il tâche à raffermir leurs âmes ébranlées.

AUGUSTE

1095 Lui seul les encourage, et lui seul les séduit[4] !

---

1. **À peine** : avec peine.
2. **Une telle fureur** : un tel égarement.
3. **Efforts** : effets.
4. **Séduit** : égare.

Ô le plus déloyal que la terre ait produit !
Ô trahison conçue au sein d'une furie !
Ô trop sensible coup d'une main si chérie !
Cinna, tu me trahis ! Polyclète, écoutez.
Il lui parle à l'oreille.

POLYCLÈTE

1100 Tous vos ordres, seigneur, seront exécutés.

AUGUSTE

Qu'Éraste en même temps aille dire à Maxime
Qu'il vienne recevoir le pardon de son crime.
Polyclète rentre.

EUPHORBE

Il l'a jugé trop grand pour ne pas s'en punir :
À peine du palais il a pu revenir
1105 Que, les yeux égarés et le regard farouche,
Le cœur gros de soupirs, les sanglots à la bouche,
Il déteste sa vie et ce complot maudit,
M'en apprend l'ordre¹ entier tel que je vous l'ai dit,
Et m'ayant commandé que je vous avertisse,
1110 Il ajoute : « Dis-lui que je me fais justice,
Que je n'ignore point ce que j'ai mérité. »
Puis soudain dans le Tibre il s'est précipité ;
Et l'eau grosse et rapide, et la nuit assez noire,
M'ont dérobé la fin de sa tragique histoire.

AUGUSTE

1115 Sous ce pressant remords il a trop succombé,
Et s'est à mes bontés lui-même dérobé ;
Il n'est crime envers moi qu'un repentir n'efface.
Mais puisqu'il a voulu renoncer à ma grâce,
Allez pourvoir au reste, et faites qu'on ait soin
1120 De tenir en lieu sûr ce fidèle témoin.

---

1. **L'ordre** : l'organisation.

UN SOUVERAIN TRAHI

REPÈRES

1. La délation d'Euphorbe était prévisible. À quel moment de la pièce cette idée a-t-elle germé ?

2. L'avertissement de Maxime par l'entremise d'Euphorbe est-elle crédible ?

3. Quelles sont les réactions d'Auguste ?

4. Que peut-on craindre lorsqu'il donne des instructions à Polyclète ?

OBSERVATIONS

5. Par quelles marques stylistiques Corneille nous fait-il ressentir la stupéfaction d'Auguste et sa profonde déception ?

6. Notez la différence entre les sentiments qu'Auguste a pour Maxime et ceux qu'il a pour Cinna. Caractérisez-la en quelques mots.

7. Le pardon accordé par Auguste à Maxime au vers 1117 laisse-t-il présager qu'il pardonnera à Cinna ?

8. Le récit d'Euphorbe (vers 1103-1114) comporte des exagérations. Relevez-les et dites pourquoi Auguste n'en prend pas conscience.

INTERPRÉTATIONS

9. La tension dramatique, déjà très forte à la fin de l'acte III, monte encore d'un cran. Quelle en est la raison exacte ?

10. Que peut-on attendre d'Auguste ?

11. Le dialogue est-il authentique ou prépare-t-il le monologue suivant ?

DE LA LECTURE À L'ÉCRITURE

12. Sans vous obliger à composer des vers, imaginez le début du dialogue entre Auguste et Euphorbe (au moins quatre répliques).

SCÈNE 2. AUGUSTE.

Ciel, à qui voulez-vous désormais que je fie[1]
Les secrets de mon âme et le soin de ma vie ?
Reprenez le pouvoir que vous m'avez commis[2],
Si donnant des sujets il ôte les amis,
1125 Si tel est le destin des grandeurs souveraines
Que leurs plus grands bienfaits n'attirent que des haines,
Et si votre rigueur les condamne à chérir
Ceux que vous animez[3] à les faire périr.
Pour elles rien n'est sûr ; qui peut tout doit tout craindre.
1130 Rentre en toi-même, Octave, et cesse de te plaindre.
Quoi ! tu veux qu'on t'épargne, et n'as rien épargné !
Songe aux fleuves de sang où ton bras s'est baigné,
De combien ont rougi les champs de Macédoine[4],
Combien en a versé la défaite d'Antoine[5],
1135 Combien celle de Sexte[6], et revois tout d'un temps
Pérouse[7] au sien noyée, et tous ses habitants ;
Remets dans ton esprit, après tant de carnages,
De tes proscriptions[8] les sanglantes images,
Où toi-même, des tiens devenu le bourreau,

---

1. **Que je fie :** que je confie.
2. **Que vous m'avez commis :** que vous m'avez confié.
3. **Ceux que vous animez :** ceux que vous poussez.
4. **Les champs de Macédoine :** allusion au champ de bataille de Philippes (voir note 0 p. 000).
5. **La défaite d'Antoine :** allusion à la bataille d'Actium (voir note 0 p. 00).
6. **Sexte :** il s'agit de Sextus, fils et continuateur de Pompée dans sa lutte contre César après l'assassinat de Pompée en Égypte. Sextus Pompée fut battu par Agrippa à la bataille navale de Nauloque, au large de la Sicile, en 36 av. J.-C.
7. **Pérouse :** en 40 av. J.-C., Octave, attaquant le frère d'Antoine retranché dans Pérouse, massacra les habitants et mit le feu à la ville.
8. **Proscriptions :** voir note 4 p. 59.

1140 Au sein de ton tuteur[1] enfonças le couteau :
     Et puis ose accuser le destin d'injustice,
     Quand tu vois que les tiens s'arment pour ton supplice,
     Et que par ton exemple à ta perte guidés,
     Ils violent des droits que tu n'as pas gardés !
1145 Leur trahison est juste, et le ciel l'autorise :
     Quitte ta dignité comme tu l'as acquise ;
     Rends un sang infidèle à l'infidélité,
     Et souffre des ingrats après l'avoir été.
     Mais que mon jugement au besoin[2] m'abandonne !
1150 Quelle fureur, Cinna, m'accuse et te pardonne ?
     Toi, dont la trahison me force à retenir
     Ce pouvoir souverain dont tu me veux punir,
     Me traite en criminel, et fait seule mon crime,
     Relève pour l'abattre un trône illégitime,
1155 Et d'un zèle effronté couvrant son attentat,
     S'oppose, pour me perdre, au bonheur de l'État !
     Donc jusqu'à l'oublier je pourrais me contraindre !
     Tu vivrais en repos après m'avoir fait craindre !
     Non, non, je me trahis moi-même d'y penser :
1160 Qui pardonne aisément invite à l'offenser ;
     Punissons l'assassin, proscrivons les complices.
     Mais quoi ? toujours du sang, et toujours des supplices !
     Ma cruauté se lasse, et ne peut s'arrêter ;
     Je veux me faire craindre, et ne fais qu'irriter.
1165 Rome a pour ma ruine une hydre[3] trop fertile :
     Une tête coupée en fait renaître mille,
     Et le sang répandu de mille conjurés
     Rend mes jours plus maudits, et non plus assurés.

----

1. **Tuteur** : il s'agit de Toranius, le père d'Émilie, selon la liste des personnages. En 44, à la mort de César, Octave, le futur Auguste, n'a que dix-neuf ans.
2. **Au besoin** : dans le péril.
3. **Une hydre** : serpent fabuleux à plusieurs têtes. Seul Hercule parvint à triompher de l'hydre de Lerne en tranchant toutes ses têtes d'un seul coup.

Octave, n'attends plus le coup d'un nouveau Brute,
1170 Meurs, et dérobe-lui la gloire de ta chute ;
Meurs : tu ferais pour vivre un lâche et vain effort,
Si tant de gens de cœur font des vœux pour ta mort,
Et si tout ce que Rome a d'illustre jeunesse
Pour te faire périr tour à tour s'intéresse ;
1175 Meurs, puisque c'est un mal que tu ne peux guérir ;
Meurs enfin, puisqu'il faut ou tout perdre [1], ou mourir.
La vie est peu de chose, et le peu qui t'en reste
Ne vaut pas l'acheter [2] par un prix si funeste.
Meurs ; mais quitte du moins la vie avec éclat ;
1180 Éteins-en le flambeau dans le sang de l'ingrat,
À toi-même en mourant immole ce perfide ;
Contentant ses désirs, punis son parricide [3] ;
Fais un tourment pour lui de ton propre trépas,
En faisant qu'il le voie et n'en jouisse pas.
1185 Mais jouissons plutôt nous-même de sa peine,
Et si Rome nous hait, triomphons de sa haine.
Ô Romains, ô vengeance, ô pouvoir absolu,
Ô rigoureux combat d'un cœur irrésolu
Qui fuit en même temps tout ce qu'il se propose !
1190 D'un prince malheureux ordonnez quelque chose.
Qui des deux dois-je suivre, et duquel m'éloigner ?
Ou laissez-moi périr, ou laissez-moi régner.

---

1. **Tout perdre** : faire périr tout le monde.
2. **Ne vaut pas l'acheter** : ne mérite pas qu'on l'achète.
3. **Parricide** : voir note 2 p. 68.

MONOLOGUE D'AUGUSTE : LE DÉSARROI

REPÈRES

1. Déterminez les raisons qui mettent Auguste dans cet état.
2. Quels sont les sentiments successifs qui l'animent ?
3. Peut-on parler d'un véritable débat ?
4. L'attitude d'Auguste s'accorde-t-elle avec celle qu'il avait adoptée au début de l'acte II face à Cinna et à Maxime ?

OBSERVATIONS

5. La maxime du vers 1160 annonce-t-elle un dénouement* heureux ? Si Auguste pardonnait aisément, serait-il aussi héroïque ?
6. Au vers 1165, Corneille a recours à la métaphore* de l'hydre pour qualifier l'attitude de Rome à son égard. Quelle tonalité cette image donne-t-elle au texte ?
7. L'anaphore* des vers 1170-1171 est-elle une incitation au suicide ou le cri de Rome contre le tyran ?
8. Le monologue aboutit à une série de questions et à une oscillation (« ou... ou ») : est-ce la conclusion habituelle d'un monologue cornélien ? On pourra se reporter sur ce point aux stances du Cid.

INTERPRÉTATIONS

9. La mort est à nouveau très présente ; montrez que le(s) meurtre(s) et le suicide sont liés.
10. Comparez l'attitude d'Auguste chez Corneille et dans le texte de Sénèque dont s'inspire Montaigne (se reporter à l'après-texte).
11. De qui Auguste cherche-t-il à se débarrasser ? Quel est son principal ennemi ?

DE LA LECTURE À L'ÉCRITURE

12. Transposez une partie du monologue d'Auguste (vers 1162 à 1192) en une tirade en prose adressée à Livie. L'effet produit est-il le même ?

SCÈNE 3.   AUGUSTE, LIVIE.

AUGUSTE

Madame, on me trahit, et la main qui me tue
Rend sous mes déplaisirs[1] ma constance abattue.
1195 Cinna, Cinna, le traître...

LIVIE

Euphorbe m'a tout dit,
Seigneur, et j'ai pâli cent fois à ce récit.
Mais écouteriez-vous les conseils d'une femme ?

AUGUSTE

Hélas ! de quel conseil[2] est capable mon âme ?

LIVIE

Votre sévérité, sans produire aucun fruit,
1200 Seigneur, jusqu'à présent a fait beaucoup de bruit.
Par les peines d'un autre aucun ne s'intimide ;
Salvidien à bas a soulevé Lépide ;
Murène a succédé, Cépion l'a suivi[3] ;
Le jour à tous les deux dans les tourments ravi
1205 N'a point mêlé de crainte à la fureur d'Égnace[4],
Dont Cinna maintenant ose prendre la place ;
Et dans les plus bas rangs les noms les plus abjets
Ont voulu s'ennoblir par de si hauts projets.

---

1. **Déplaisirs** : vives douleurs.
2. **Conseil** : contrairement au vers précédent où il signifie « avis »,
conseil exprime ici la résolution.
3. **Salvidien à bas a soulevé Lépide ; / Murène a succédé, Cépion l'a
suivi** : Salvidien servit Octave avant de s'allier à Antoine, qui l'aban-
donna à la vengeance d'Octave. Celui-ci le fit exécuter en 40 av. J.-C.
Marcus Aemilius Lepidus est le fils du triumvir Lépide. Il projeta la mort
d'Octave après la bataille d'Actium et fut exécuté en 30 av. J.-C. avec sa
femme Servilia. Murena et Caepio conspirèrent ensemble en 22 av. J.-C.
et furent mis à mort, le premier par Auguste, le second par Tibère.
4. **Égnace** : Rufus Egnatius, candidat au consulat en 20 av. J.-C., fut
accusé d'avoir conspiré contre Auguste et exécuté.

Après avoir en vain puni leur insolence,
1210 Essayez sur Cinna ce que peut la clémence ;
Faites son châtiment de sa confusion ;
Cherchez le plus utile en cette occasion :
Sa peine peut aigrir une ville animée[1],
Son pardon peut servir à votre renommée ;
1215 Et ceux que vos rigueurs ne font qu'effaroucher[2]
Peut-être à vos bontés se laisseront toucher.

AUGUSTE

Gagnons-les tout à fait en quittant cet empire
Qui nous rend odieux, contre qui l'on conspire.
J'ai trop par vos avis consulté là-dessus ;
1220 Ne m'en parlez jamais, je ne consulte plus.
Cesse de soupirer, Rome, pour ta franchise[3] :
Si je t'ai mise aux fers, moi-même je les brise,
Et te rends ton État, après l'avoir conquis,
Plus paisible et plus grand que je ne te l'ai pris ;
1225 Si tu me veux haïr, hais-moi sans plus rien feindre ;
Si tu me veux aimer, aime-moi sans me craindre :
De tout ce qu'eut Sylla de puissance et d'honneur,
Lassé comme il en fut, j'aspire à son bonheur.

LIVIE

Assez et trop longtemps son exemple vous flatte[4] ;
1230 Mais gardez que sur vous le contraire n'éclate[5] :
Ce bonheur sans pareil qui conserva ses jours
Ne serait pas bonheur, s'il arrivait toujours.

---

1. **Aigrir une ville animée** : exaspérer le mécontentement des Romains.
2. **Effaroucher** : rendre plus acharnés.
3. **Franchise** : liberté.
4. **Vous flatte** : vous séduit.
5. **Mais gardez que sur vous le contraire n'éclate** : veillez à ne pas être un exemple du contraire.

AUGUSTE

Eh bien, s'il est trop grand, si j'ai tort d'y prétendre,
J'abandonne mon sang à qui voudra l'épandre[1].
1235 Après un long orage il faut trouver un port ;
Et je n'en vois que deux, le repos, ou la mort.

LIVIE

Quoi ? vous voulez quitter le fruit de tant de peines ?

AUGUSTE

Quoi ? vous voulez garder l'objet de tant de haines ?

LIVIE

Seigneur, vous emporter à cette extrémité,
1240 C'est plutôt désespoir que générosité.

AUGUSTE

Régner et caresser une main si traîtresse,
Au lieu de sa vertu, c'est montrer sa faiblesse.

LIVIE

C'est régner sur vous-même, et par un noble choix
Pratiquer la vertu la plus digne des rois.

AUGUSTE

1245 Vous m'aviez bien promis des conseils d'une femme :
Vous me tenez parole, et c'en sont là, madame.
Après tant d'ennemis à mes pieds abattus,
Depuis vingt ans je règne, et j'en sais les vertus,
Je sais leur divers ordre, et de quelle nature
1250 Sont les devoirs d'un prince en cette conjoncture.
Tout son peuple est blessé par un tel attentat,
Et la seule pensée est un crime d'État,
Une offense qu'on fait à toute sa province[2],
Dont il faut qu'il la venge, ou cesse d'être prince.

---

1. **Épandre** : répandre.
2. **Province** : pays que le prince gouverne.

LIVIE

1255 Donnez moins de croyance à votre passion.

AUGUSTE

Ayez moins de faiblesse, ou moins d'ambition.

LIVIE

Ne traitez plus si mal un conseil salutaire.

AUGUSTE

Le ciel m'inspirera ce qu'ici je dois faire.
Adieu : nous perdons temps.

LIVIE

Je ne vous quitte point,
1260 Seigneur, que mon amour n'aye obtenu ce point.

AUGUSTE

C'est l'amour des grandeurs qui vous rend importune.

LIVIE

J'aime votre personne, et non votre fortune [1].
Elle est seule.
Il m'échappe : suivons, et forçons-le de voir
Qu'il peut, en faisant grâce, affirmer son pouvoir,
1265 Et qu'enfin la clémence est la plus belle marque
Qui fasse à l'univers connaître un vrai monarque.

---

1. **Votre fortune :** votre rang de souverain.

LIVIE : UNE SAGESSE POLITIQUE

Repères

1 Cette intervention de Livie était considérée comme une faute par les théoriciens « puristes » du XVIIe siècle. Pensez-vous, cependant, qu'elle enrichisse la pièce ? Donnez vos raisons.

2. Comparez le caractère de Livie à celui d'Émilie et distinguez le comportement de l'impératrice de celui de la femme.

3. Livie a déjà été informée par Euphorbe ; est-ce une bonne idée dramatique ?

4. Quels sont les principaux arguments de Livie en faveur de la clémence ?

Observations

5. La première réponse d'Auguste à Livie avait déjà été formulée auparavant. Quand ? Avait-elle le même sens ?

6. Selon Corneille, est-il digne d'un monarque de tenter de se tuer ?

7. Relevez les deux vers qui sont une leçon de courage donnée par Livie à Auguste.

8. Auguste connaît-il bien sa femme ?

Interprétations

9. Pourquoi Livie propose-t-elle la clémence à Auguste ?

10. Peut-on dire de cette femme qu'elle a la tête politique et qu'elle est véritablement aimante ? Vous dissocierez les deux questions.

11. En vous référant au récit de Sénèque, rapporté par Montaigne, vous direz en quoi Corneille a véritablement recréé le personnage de Livie.

De la lecture à l'écriture

12. En vous aidant d'un dictionnaire, cherchez le champ lexical du mot « clémence » et, pour chaque nom trouvé, composez une phrase que pourrait prononcer Livie.

SCÈNE 4. ÉMILIE, FULVIE.

ÉMILIE

D'où me vient cette joie ? et que mal à propos
Mon esprit malgré moi goûte un entier repos !
César mande[1] Cinna sans me donner d'alarmes !
1270 Mon cœur est sans soupirs, mes yeux n'ont point de larmes,
Comme si j'apprenais d'un secret mouvement
Que tout doit succéder[2] à mon contentement !
Ai-je bien entendu ? me l'as-tu dit, Fulvie ?

FULVIE

J'avais gagné sur lui qu'il aimerait la vie,
1275 Et je vous l'amenais, plus traitable et plus doux,
Faire un second effort contre votre courroux.
Je m'en applaudissais, quand soudain Polyclète,
Des volontés d'Auguste ordinaire interprète,
Est venu l'aborder et sans suite[3] et sans bruit,
1280 Et de sa part sur l'heure au palais l'a conduit.
Auguste est fort troublé, l'on ignore la cause ;
Chacun diversement soupçonne quelque chose :
Tous présument qu'il aye un grand sujet d'ennui[4],
Et qu'il mande Cinna pour prendre avis de lui.
1285 Mais ce qui m'embarrasse, et que je viens d'apprendre,
C'est que deux inconnus se sont saisis d'Évandre,
Qu'Euphorbe est arrêté sans qu'on sache pourquoi,
Que même de son maître on dit je ne sais quoi :
On lui veut imputer un désespoir funeste ;
1290 On parle d'eaux, de Tibre, et l'on se tait du reste.

---

1. **Mande** : voir note 1 p. 71.
2. **Succéder** : contribuer.
3. **Sans suite** : sans escorte.
4. **Ennui** : tourment.

ÉMILIE

Que de sujets de craindre et de désespérer,
Sans que mon triste cœur en daigne murmurer !
À chaque occasion le Ciel y fait descendre
Un sentiment contraire à celui qu'il doit prendre :
1295 Une vaine frayeur tantôt m'a pu troubler,
Et je suis insensible alors qu'il faut trembler.
Je vous entends, grands Dieux ! vos bontés que j'adore
Ne peuvent consentir que je me déshonore ;
Et ne me permettant soupirs, sanglots ni pleurs,
1300 Soutiennent ma vertu contre de tels malheurs.
Vous voulez que je meure avec ce grand courage
Qui m'a fait entreprendre un si fameux ouvrage ;
Et je veux bien périr comme vous l'ordonnez,
Et dans la même assiette[1] où vous me retenez.
1305 Ô liberté de Rome ! ô mânes[2] de mon père !
J'ai fait de mon côté tout ce que j'ai pu faire :
Contre votre tyran j'ai ligué ses amis,
Et plus osé pour vous qu'il ne m'était permis.
Si l'effet a manqué[3], ma gloire n'est pas moindre ;
1310 N'ayant pu vous venger, je vous irai rejoindre,
Mais si fumante encor d'un généreux courroux,
Par un trépas si noble et si digne de vous,
Qu'il vous fera sur l'heure aisément reconnaître
Le sang des grands héros dont vous m'avez fait naître.

---

1. **Dans la même assiette** : dans le même état d'esprit, de tranquillité paradoxale.
2. **Mânes** : voir note 2 p. 62.
3. **Si l'effet a manqué** : si j'aboutis à l'échec.

UN COURAGE INÉBRANLABLE

REPÈRES

1. Le passage d'une conversation entre l'empereur et sa femme à un dialogue entre Émilie et Fulvie est-il vraisemblable ? (voir le point de vue de Corneille dans l'*Examen* de la pièce).
2. Selon une perspective plus moderne, quel est le fil directeur qui relie ces deux scènes ?
3. L'unité d'intérêt en souffre-t-elle ?
4. Montrez l'évolution du caractère d'Émilie. Peut-on parler d'apaisement à son propos ?

OBSERVATIONS

5. Le récit de Fulvie comporte bien des points obscurs. Relisez les expressions qui font croître l'angoisse.
6. Montrez que ce récit peut être compris de plusieurs façons selon l'influence que le spectateur accorde à Livie.
7. Émilie et Fulvie sont en proie à des sentiments contraires : relevez quelques vers qui le prouvent.
8. Élucidez l'emploi du mot « triste » au vers 1292.

INTERPRÉTATIONS

9. Comment Émilie explique-t-elle l'opposition entre la situation présente – très tendue – et l'état de joie – ou d'insensibilité – dans lequel elle se trouve ?
10. Émilie, quoi qu'il arrive, a le sentiment d'avoir abouti à ce qu'elle souhaitait : expliquez.
11. Dans cette dernière « station », quel sentiment supplante chez elle le sentiment amoureux ?
12. La pièce pourrait-elle s'arrêter là ?

DE LA LECTURE À L'ÉCRITURE

13. Comment réagirait une « femme ordinaire » dans la situation que rencontre Émilie ? Rédigez un monologue d'un paragraphe en vous inspirant de la dernière tirade de la scène.

SCÈNE 5. MAXIME, ÉMILIE, FULVIE.

ÉMILIE

1315 Mais je vous vois, Maxime, et l'on vous faisait mort !

MAXIME

Euphorbe trompe Auguste avec ce faux rapport :
Se voyant arrêté, la trame découverte,
Il a feint ce trépas pour empêcher ma perte.

ÉMILIE

Que dit-on de Cinna ?

MAXIME

Que son plus grand regret
1320 C'est de voir que César sait tout votre secret ;
En vain il le dénie et le veut méconnaître,
Évandre a tout conté pour excuser son maître,
Et par l'ordre d'Auguste on vient vous arrêter.

ÉMILIE

Celui qui l'a reçu tarde à l'exécuter :
1325 Je suis prête à le suivre et lasse de l'attendre.

MAXIME

Il vous attend chez moi.

ÉMILIE

Chez vous !

MAXIME

C'est vous surprendre ;
Mais apprenez le soin[1] que le Ciel a de vous :
C'est un des conjurés qui va fuir avec nous.
Prenons notre avantage avant qu'on nous poursuive ;
1330 Nous avons pour partir un vaisseau sur la rive.

---

1. Le soin : le souci.

ÉMILIE

Me connais-tu, Maxime, et sais-tu qui je suis ?

MAXIME

En faveur de Cinna je fais ce que je puis,
Et tâche à garantir de ce malheur extrême
La plus belle moitié qui reste de lui-même.
1335 Sauvons-nous, Émilie, et conservons le jour,
Afin de le venger par un heureux retour.

ÉMILIE

Cinna dans son malheur est de ceux qu'il faut suivre,
Qu'il ne faut pas venger, de peur de leur survivre :
Quiconque après sa perte aspire à se sauver
1340 Est indigne du jour qu'il tâche à conserver.

MAXIME

Quel désespoir aveugle à ces fureurs vous porte ?
Ô Dieux ! que de faiblesse en une âme si forte !
Ce cœur si généreux rend si peu de combat,
Et du premier revers la fortune l'abat !
1345 Rappelez, rappelez cette vertu sublime [1] ;
Ouvrez enfin les yeux, et connaissez Maxime :
C'est un autre Cinna qu'en lui vous regardez ;
Le Ciel vous rend en lui l'amant que vous perdez ;
Et puisque l'amitié n'en faisait plus qu'une âme,
1350 Aimez en cet ami l'objet de votre flamme ;
Avec la même ardeur il saura vous chérir,
Que...

ÉMILIE

Tu m'oses aimer, et tu n'oses mourir !
Tu prétends un peu trop ; mais quoi que tu prétendes,
Rends-toi digne du moins de ce que tu demandes :
1355 Cesse de fuir en lâche un glorieux trépas,

---

1. **Vertu sublime** : force d'âme supérieure.

Ou de m'offrir un cœur que tu fais voir si bas ;
Fais que je porte envie à ta vertu parfaite ;
Ne te pouvant aimer, fais que je te regrette ;
Montre d'un vrai Romain la dernière vigueur,
1360 Et mérite mes pleurs au défaut de mon cœur.
Quoi ! si ton amitié pour Cinna s'intéresse,
Crois-tu qu'elle consiste à flatter sa maîtresse[1] ?
Apprends, apprends de moi quel en est le devoir,
Et donne-m'en l'exemple, ou viens le recevoir.

MAXIME

1365 Votre juste douleur est trop impétueuse.

ÉMILIE

La tienne en ta faveur est trop ingénieuse.
Tu me parles déjà d'un bienheureux retour,
Et dans tes déplaisirs tu conçois de l'amour !

MAXIME

Cet amour en naissant est toutefois extrême :
1370 C'est votre amant en vous, c'est mon ami que j'aime,
Et des mêmes ardeurs dont il fut embrasé...

ÉMILIE

Maxime, en voilà trop pour un homme avisé.
Ma perte m'a surprise, et ne m'a point troublée ;
Mon noble désespoir ne m'a point aveuglée.
1375 Ma vertu toute entière agit sans s'émouvoir,
Et je vois malgré moi plus que je ne veux voir.

MAXIME

Quoi ? vous suis-je suspect de quelque perfidie ?

ÉMILIE

Oui, tu l'es, puisqu'enfin tu veux que je le die ;
L'ordre de notre fuite est trop bien concerté

---

1. **Flatter sa maîtresse** : séduire les femmes qu'il aime.

1380 Pour ne te soupçonner d'aucune lâcheté :
Les Dieux seraient pour nous prodigues en miracles,
S'ils en avaient sans toi[1] levé tous les obstacles.
Fuis sans moi, tes amours sont ici superflus.

MAXIME

Ah ! vous m'en dites trop.

ÉMILIE

J'en présume encor plus.

1385 Ne crains pas toutefois que j'éclate en injures ;
Mais n'espère non plus m'éblouir de parjures.
Si c'est te faire tort que de m'en défier[2],
Viens mourir avec moi pour te justifier.

MAXIME

Vivez, belle Émilie, et souffrez qu'un esclave…

ÉMILIE

1390 Je ne t'écoute plus qu'en présence d'Octave.
Allons, Fulvie, allons.

---

1. **Sans toi** : sans que tu y aies contribué.
2. **De m'en défier** : de me méfier de tes parjures.

SCÈNE 6.   MAXIME.

Désespéré, confus,
Et digne, s'il se peut, d'un plus cruel refus,
Que résous-tu, Maxime ? et quel est le supplice
Que ta vertu prépare à ton vain artifice[1] ?
1395 Aucune illusion ne te doit plus flatter :
Émilie en mourant va tout faire éclater ;
Sur un même échafaud[2] la perte de sa vie
Étalera sa gloire et ton ignominie,
Et sa mort va laisser à la postérité
1400 L'infâme souvenir de ta déloyauté.
Un même jour t'a vu, par une fausse adresse[3],
Trahir ton souverain, ton ami, ta maîtresse,
Sans que de tant de droits en un jour violés,
Sans que de deux amants au tyran immolés,
1405 Il te reste aucun fruit que la honte et la rage
Qu'un remords inutile allume en ton courage.
Euphorbe, c'est l'effet de tes lâches conseils ;
Mais que peut-on attendre enfin de tes pareils ?
Jamais un affranchi n'est qu'un esclave infâme[4] ;
1410 Bien qu'il change d'état, il ne change point d'âme ;
La tienne, encor servile, avec la liberté
N'a pu prendre un rayon de générosité[5].
Tu m'as fait relever une injuste puissance[6] ;
Tu m'as fait démentir l'honneur de ma naissance ;
1415 Mon cœur te résistait, et tu l'as combattu

---

1. **Vain artifice** : mensonge inutile.
2. **Échafaud** : estrade sur laquelle on exposait le condamné.
3. **Fausse adresse** : ruse déloyale.
4. **Jamais un affranchi n'est qu'un esclave infâme** : un affranchi n'est rien d'autre qu'un esclave méprisable.
5. **N'a pu prendre un rayon de générosité** : n'a pu se pénétrer de la noblesse des héros.
6. **Une injuste puissance** : il s'agit ici de la puissance d'Auguste.

Jusqu'à ce que ta fourbe[1] ait souillé sa vertu.
Il m'en coûte la vie, il m'en coûte la gloire,
Et j'ai tout mérité pour t'avoir voulu croire ;
Mais les Dieux permettront à mes ressentiments
1420 De te sacrifier aux yeux des deux amants,
Et j'ose m'assurer qu'en dépit de mon crime
Mon sang leur servira d'assez pure victime,
Si dans le tien mon bras, justement irrité,
Peut laver le forfait de t'avoir écouté.

1. **Ta fourbe** : ta fourberie.

De la déclaration à la honte

Repères

1. Pourquoi Maxime veut-il à tout prix rencontrer Émilie ?
2. Émilie est-elle émue par le (faux) retour de Maxime ? Comment accueille-t-elle la nouvelle de sa propre arrestation ?
3. De quelle façon Maxime tente-t-il de justifier son amour pour Émilie ?
4. Que propose-t-il à Émilie ? Montrez la maladresse de sa démarche.

Observations

5. Commentez ces deux vers : 1337 : « Cinna dans son malheur est de ceux qu'il faut suivre » et le vers 1347 : « C'est un autre Cinna qu'en lui vous regardez ». Ces deux déclarations sont-elles compatibles ?
6. Le ton précieux employé par Maxime le rend-il plus aimable ?
7. Pourquoi Émilie tarde-t-elle à comprendre les propos de Maxime ?
8. Montrez qu'Émilie, dans cette scène, reste fidèle à tous ses engagements.

Interprétations

9. Quel est l'intérêt dramatique de ces deux scènes ?
10. Peut-on parler de « descente aux Enfers » pour le personnage de Maxime ?
11. Le monologue de Maxime révèle l'extrême souffrance du personnage. Quelle en est la raison profonde ?

De la lecture à l'écriture

12. Imaginez que, dans un moment de désespoir, Maxime confie son amour pour Émilie à Cinna : en un paragraphe d'une dizaine de lignes, présentez la réaction de Cinna.

LA RÉVÉLATION ET SES CONSÉQUENCES

Auguste apprend d'Euphorbe la trahison de ses plus proches conseillers. Il réagit alors en homme blessé, puis s'analyse : sa décision n'est pas prise.

1. Cet acte est centré successivement sur deux personnages. Est-ce une erreur de construction ou bien cette double perspective se justifie-t-elle ?

2. Considérez-vous que cet acte est motivé par l'action ou par la réflexion ?

3. Le personnage absent est-il cependant présent ? Dans quelles scènes acquiert-il un plus grand poids ?

4. Cet acte comporte deux monologues : peut-on y retrouver quelques points communs ?

LA RÉACTION DES FEMMES

Elle est conforme au caractère de chacune. Livie est prudente, apaisante. Elle souhaite sauver Auguste et la clémence lui paraît une bonne voie. Émilie, à l'inverse, persiste dans sa volonté de vengeance. Elle est fidèle à elle-même et à l'image qu'elle veut se donner.

5. La délation d'Euphorbe pourrait précipiter les choses. Or il n'en est rien. Quels sont les éléments qui ralentissent l'action ?

6. Le thème du sang reparaît dans ce monologue d'Auguste, mais celui-ci ne cède pas à ces images. Est-ce par l'effet d'un raisonnement ou de la souffrance causée par le remords ?

7. Montrez que la grandeur d'Auguste s'esquisse dans l'oubli.

8. Quel est le rôle des femmes dans cet acte ?

9. Relevez les traits qui opposent le caractère de Livie et celui d'Émilie.

LE CHÂTIMENT DU TRAÎTRE

Maxime s'accuse de tous les maux : son amour causera la perte d'Émilie ; il a trahi Cinna son ami et Auguste son empereur ; il a perdu son honneur, mais surtout il s'est livré aux mains d'un affranchi – crime impardonnable.

10. Montrez que Maxime est un traître dans toute l'acception du terme.

11. Le spectateur peut-il s'apitoyer sur ce personnage ?

12. Maxime est-il dupe de lui-même ?

ACTE V

Dans l'appartement d'Auguste.

SCÈNE PREMIÈRE. AUGUSTE, CINNA.

AUGUSTE

1425 Prends un siège, Cinna, prends, et sur toute chose[1]
Observe exactement la loi que je t'impose :
Prête, sans me troubler, l'oreille à mes discours ;
D'aucun mot, d'aucun cri, n'en interromps le cours ;
Tiens ta langue captive, et si ce grand silence

1430 À ton émotion fait quelque violence,
Tu pourras me répondre après tout à loisir.
Sur ce point seulement contente mon désir.

CINNA

Je vous obéirai, seigneur.

AUGUSTE

Qu'il te souvienne
De garder ta parole, et je tiendrai la mienne.

1435 Tu vois le jour, Cinna ; mais ceux dont tu le tiens
Furent les ennemis de mon père, et les miens[2] ;
Au milieu de leur camp tu reçus la naissance,
Et lorsqu'après leur mort tu vins en ma puissance,
Leur haine enracinée au milieu de ton sein

1440 T'avait mis contre moi les armes à la main ;
Tu fus mon ennemi même avant que de naître,

---

1. **Sur toute chose** : surtout.
2. **Furent les ennemis de mon père, et les miens** : le père de Cinna, gendre de Pompée, combattit Jules César, père adoptif d'Auguste. En 44 av. J.-C., le père de Cinna approuva le meurtre de César. Voir vers 270 et 378, ainsi que la Chronologie, p. 222.

Et tu le fus encor quand tu me pus connaître,
Et l'inclination jamais n'a démenti
Ce sang qui t'avait fait du contraire parti :
1445 Autant que tu l'as pu, les effets[1] l'ont suivie.
Je ne m'en suis vengé qu'en te donnant la vie ;
Je te fis prisonnier pour te combler de biens :
Ma cour fut ta prison, mes faveurs tes liens :
Je te restituai d'abord ton patrimoine ;
1450 Je t'enrichis après des dépouilles d'Antoine[2],
Et tu sais que depuis, à chaque occasion,
Je suis tombé pour toi dans la profusion.
Toutes les dignités que tu m'as demandées,
Je te les ai sur l'heure et sans peine accordées ;
1455 Je t'ai préféré même à ceux dont les parents
Ont jadis dans mon camp tenu les premiers rangs,
À ceux qui de leur sang m'ont acheté l'empire,
Et qui m'ont conservé le jour que je respire.
De la façon enfin qu'avec toi j'ai vécu[3],
1460 Les vainqueurs sont jaloux du bonheur du vaincu.
Quand le ciel me voulut, en rappelant Mécène,
Après tant de faveur montrer un peu de haine,
Je te donnai sa place en ce triste accident[4],
Et te fis, après lui, mon plus cher confident.
1465 Aujourd'hui même encor, mon âme irrésolue
Me pressant de quitter ma puissance absolue,
De Maxime et de toi j'ai pris les seuls avis,
Et ce sont, malgré lui, les tiens que j'ai suivis.
Bien plus, ce même jour je te donne Émilie,

---

1. Les effets : les actes. Voir note 3 p. 101.
2. Dépouilles d'Antoine : il s'agit des biens d'Antoine, qu'Octave Auguste confisqua après sa victoire à la bataille d'Actium, en 31 av. J.-C.
3. De la façon enfin qu'avec toi j'ai vécu : à en juger par mon comportement à ton égard.
4. Triste accident : affreux malheur.

1470 Le digne objet des vœux de toute l'Italie,
     Et qu'ont mise si haut mon amour et mes soins[1],
     Qu'en te couronnant roi je t'aurais donné moins.
     Tu t'en souviens, Cinna : tant d'heur[2] et tant de gloire
     Ne peuvent pas sitôt sortir de ta mémoire ;
1475 Mais ce qu'on ne pourrait jamais s'imaginer,
     Cinna, tu t'en souviens, et veux m'assassiner.

                    CINNA

     Moi, seigneur ! moi, que j'eusse une âme si traîtresse ;
     Qu'un si lâche dessein...

                    AUGUSTE

                    Tu tiens mal ta promesse ;
     Sieds-toi, je n'ai pas dit encor ce que je veux ;
1480 Tu te justifieras après, si tu le peux.
     Écoute cependant, et tiens mieux ta parole.
     Tu veux m'assassiner, demain, au Capitole,
     Pendant le sacrifice, et ta main pour signal
     Me doit, au lieu d'encens, donner le coup fatal ;
1485 La moitié de tes gens doit occuper la porte,
     L'autre moitié te suivre et te prêter main-forte.
     Ai-je de bons avis, ou de mauvais soupçons ?
     De tous ces meurtriers te dirai-je les noms ?
     Procule, Glabrion, Virginian, Rutile,
1490 Marcel, Plaute, Lénas, Pompone, Albin, Icile,
     Maxime, qu'après toi j'avais le plus aimé ;
     Le reste ne vaut pas l'honneur d'être nommé.
     Un tas d'hommes perdus de dettes et de crimes,
     Que pressent de mes lois les ordres légitimes,
1495 Et qui désespérant de les plus[3] éviter,
     Si tout n'est renversé, ne sauraient subsister.

---

1. **Mes soins** : ma sollicitude.
2. **Tant d'heur** : tant de bonheur.
3. **Plus** : dorénavant.

Tu te tais maintenant et gardes le silence,
Plus par confusion que par obéissance.
Quel était ton dessein, et que prétendais-tu
1500 Après m'avoir au temple à tes pieds abattu ?
Affranchir ton pays d'un pouvoir monarchique !
Si j'ai bien entendu tantôt ta politique[1],
Son salut désormais dépend d'un souverain
Qui pour tout conserver tienne tout en sa main ;
1505 Et si sa liberté te faisait entreprendre,
Tu ne m'eusses jamais empêché de la rendre ;
Tu l'aurais acceptée au nom de tout l'État,
Sans vouloir l'acquérir par un assassinat.
Quel était donc ton but ? D'y régner en ma place ?
1510 D'un étrange malheur son destin le menace[2],
Si pour monter au trône et lui donner la loi
Tu ne trouves dans Rome autre obstacle que moi,
Si jusques à ce point son sort est déplorable,
Que tu sois après moi le plus considérable,
1515 Et que ce grand fardeau de l'empire romain
Ne puisse après ma mort tomber mieux qu'en ta main.
Apprends à te connaître, et descends en toi-même :
On t'honore dans Rome, on te courtise, on t'aime,
Chacun tremble sous toi, chacun t'offre des vœux,
1520 Ta fortune est bien haut, tu peux ce que tu veux ;
Mais tu ferais pitié même à ceux qu'elle irrite,
Si je t'abandonnais à ton peu de mérite.
Ose me démentir, dis-moi ce que tu vaux,
Conte-moi tes vertus, tes glorieux travaux[3],
1525 Les rares qualités par où tu m'as dû plaire,
Et tout ce qui t'élève au-dessus du vulgaire.
Ma faveur fait ta gloire, et ton pouvoir en vient :

---

1. **Si j'ai bien entendu tantôt ta politique** : si j'ai bien compris ta doctrine politique.
2. **Son destin le menace** : son destin menace l'État.
3. **Travaux** : exploits (les travaux d'Hercule).

Elle seule t'élève, et seule te soutient ;
C'est elle qu'on adore, et non pas ta personne :
1530 Tu n'as crédit ni rang qu'autant qu'elle t'en donne,
Et pour te faire choir je n'aurais aujourd'hui
Qu'à retirer la main qui seule est ton appui.
J'aime mieux toutefois céder à ton envie :
Règne, si tu le peux, aux dépens de ma vie ;
1535 Mais oses-tu penser que les Serviliens,
Les Cosses, les Métels, les Pauls, les Fabiens[1],
Et tant d'autres enfin de qui les grands courages[2]
Des héros de leur sang sont les vives images[3],
Quittent le noble orgueil d'un sang si généreux
1540 Jusqu'à pouvoir souffrir que tu règnes sur eux ?
Parle, parle, il est temps.

CINNA

Je demeure stupide[4] ;
Non que votre colère ou la mort m'intimide :
Je vois qu'on m'a trahi, vous m'y voyez rêver[5],
Et j'en cherche l'auteur sans le pouvoir trouver.
1545 Mais c'est trop y tenir toute l'âme occupée :
Seigneur, je suis Romain, et du sang de Pompée ;
Le père et les deux fils, lâchement égorgés[6],

---

1. **Les Serviliens, les Cosses, les Métels, les Pauls, les Fabiens** : tous ces noms sont francisés, selon l'usage de l'époque ; il s'agit des noms des grandes familles qui ont donné à la République romaine la plupart de ses magistrats.
2. **Les grands courages** : les grands cœurs.
3. **Les vives images** : les images vivantes.
4. **Stupide** : frappé de stupeur.
5. **Rêver** : réfléchir.
6. **Le père et les deux fils, lâchement égorgés** : Pompée fut assassiné en Égypte sur ordre du roi Ptolémée, qui voulait complaire à César vainqueur de Pharsale : c'est le sujet de la tragédie *la Mort de Pompée* (1643). Son fils Cneius fut tué en Espagne, à Munda, en 45, mais Sextus, son autre fils, survécut à César, contrairement à ce que Corneille fait dire ici à Cinna, par souci de l'effet.

Par la mort de César étaient trop peu vengés.
C'est là d'un beau dessein l'illustre et seule cause ;
1550 Et puisqu'à vos rigueurs la trahison m'expose,
N'attendez point de moi d'infâmes repentirs,
D'inutiles regrets, ni de honteux soupirs,
Le sort vous est propice autant qu'il m'est contraire ;
Je sais ce que j'ai fait, et ce qu'il vous faut faire :
1555 Vous devez un exemple à la postérité,
Et mon trépas importe à votre sûreté.

AUGUSTE

Tu me braves, Cinna, tu fais le magnanime[1],
Et loin de t'excuser, tu couronnes ton crime.
Voyons si ta constance ira jusques au bout.
1560 Tu sais ce qui t'est dû, tu vois que je sais tout :
Fais ton arrêt toi-même, et choisis tes supplices.

---

1. **Tu fais le magnanime** : tu fais preuve d'arrogance.

Vengeance d'Auguste ?

Repères

1. Cette scène était-elle préparée et attendue par le spectateur ?
2. Pourquoi Auguste parle-t-il seul à seul avec Cinna ?
3. Que signifie la gestuelle* des deux personnages (l'un assis, l'autre debout) ?
4. Sur quel ton s'exprime Auguste ?

Observations

5. Dans la première partie de son discours, Auguste juge nécessaire de rappeler le passé de Cinna, son présent, avant d'évoquer d'un vers (1476) un futur probable. Pourquoi ? Que révèle cette rétrospective sur l'état d'esprit d'Auguste ?
6. Quel plaisir Auguste tire-t-il de l'énumération des détails du complot ?
7. Comment Auguste explique-t-il la trahison de Cinna ?
8. Auguste ne résiste pas au plaisir d'humilier. Pour quelle raison ?
9. Pourquoi Cinna ne cède-t-il pas à Auguste ? Que risque-t-il ?

Interprétations

10. Montrez que le passé, plus que jamais, pèse sur le présent.
11. Que peut penser le spectateur à l'issue de cette scène ?
12. Le sous-titre de la pièce est-il justifié à cet endroit de la pièce ?
13. Quel personnage sort vainqueur de cette confrontation ?

De la lecture à l'écriture

14. Résumez l'argumentation d'Auguste en une dizaine de lignes, du vers 1497 au vers 1534.

SCÈNE 2. AUGUSTE, LIVIE, CINNA, ÉMILIE, FULVIE.

LIVIE

Vous ne connaissez pas encor tous les complices :
Votre Émilie en est, seigneur, et la voici.

CINNA

C'est elle-même, ô Dieux !

AUGUSTE

Et toi, ma fille, aussi[1] !

ÉMILIE

1565 Oui, tout ce qu'il a fait, il l'a fait pour me plaire,
Et j'en étais, seigneur, la cause et le salaire.

AUGUSTE

Quoi ? L'amour qu'en ton cœur j'ai fait naître aujourd'hui
T'emporte-t-il déjà jusqu'à mourir pour lui ?
Ton âme à ces transports un peu trop s'abandonne,
1570 Et c'est trop tôt aimer l'amant que je te donne.

ÉMILIE

Cet amour qui m'expose à vos ressentiments
N'est point le prompt effet de vos commandements ;
Ces flammes dans nos cœurs sans votre ordre étaient nées,
Et ce sont des secrets de plus de quatre années ;
1575 Mais quoique je l'aimasse, et qu'il brûlât pour moi,
Une haine plus forte à tous deux fit la loi ;
Je ne voulus jamais lui donner d'espérance,
Qu'il ne m'eût de mon père assuré la vengeance ;
Je la lui fis jurer ; il chercha des amis :

---

1. **Et toi, ma fille, aussi !** : rappel sans équivoque du mot de César à Brutus :
« Toi aussi, mon fils ! »

1580 Le ciel rompt le succès que je m'étais promis[1],
     Et je vous viens, seigneur, offrir une victime,
     Non pour sauver sa vie en me chargeant du crime :
     Son trépas est trop juste après son attentat,
     Et toute excuse est vaine en un crime d'État :
1585 Mourir en sa présence, et rejoindre mon père,
     C'est tout ce qui m'amène, et tout ce que j'espère.

AUGUSTE

     Jusques à quand, ô ciel, et par quelle raison
     Prendrez-vous contre moi des traits dans ma maison ?
     Pour ses débordements j'en ai chassé Julie[2] ;
1590 Mon amour en sa place a fait choix d'Émilie,
     Et je la vois comme elle indigne de ce rang.
     L'une m'ôtait l'honneur, l'autre a soif de mon sang ;
     Et prenant toutes deux leur passion pour guide,
     L'une fut impudique, et l'autre est parricide[3].
1595 Ô ma fille ! est-ce là le prix de mes bienfaits ?

ÉMILIE

     Ceux de mon père en vous firent mêmes effets.

AUGUSTE

     Songe avec quel amour j'élevai ta jeunesse.

ÉMILIE

     Il éleva la vôtre avec même tendresse ;
     Il fut votre tuteur, et vous son assassin ;
1600 Et vous m'avez au crime enseigné le chemin :
     Le mien d'avec le vôtre en ce point seul diffère,
     Que votre ambition s'est immolé mon père,
     Et qu'un juste courroux, dont je me sens brûler,
     À son sang innocent voulait vous immoler.

---

1. Le ciel rompt le succès que je m'étais promis : le ciel m'empêche de
mener à bien mon entreprise.
2. J'en ai chassé Julie : voir note 1 p. 88.
3. Parricide : voir note 2 p. 68.

LIVIE

1605 C'est est trop, Émilie : arrête, et considère
Qu'il t'a trop bien payé les bienfaits de ton père :
Sa mort, dont la mémoire allume ta fureur,
Fut un crime d'Octave, et non de l'Empereur.
Tous ces crimes d'État qu'on fait pour la couronne,
1610 Le Ciel nous en absout alors qu'il nous la donne ;
Et dans le sacré rang où sa faveur l'a mis[1],
Le passé devient juste et l'avenir permis[2].
Qui peut y parvenir ne peut être coupable ;
Quoi qu'il ait fait ou fasse, il est inviolable :
1615 Nous lui devons nos biens, nos jours sont en sa main,
Et jamais on n'a droit sur ceux du souverain.

ÉMILIE

Aussi dans le discours que vous venez d'entendre,
Je parlais pour l'aigrir[3], et non pour me défendre.
Punissez donc, seigneur, ces criminels appas
1620 Qui de vos favoris font d'illustres ingrats ;
Tranchez mes tristes jours pour assurer les vôtres.
Si j'ai séduit Cinna[4], j'en séduirai bien d'autres ;
Et je suis plus à craindre, et vous plus en danger,
Si j'ai l'amour ensemble et le sang à venger.

CINNA

1625 Que vous m'ayez séduit, et que je souffre encore
D'être déshonoré par celle que j'adore !
Seigneur, la vérité doit ici s'exprimer :
J'avais fait ce dessein avant que de l'aimer.
À mes plus saints désirs la trouvant inflexible,

---

1. **Et dans le sacré rang où sa faveur l'a mis** : et dans le sacré rang où sa faveur a mis Auguste.
2. **Permis** : il peut compter sur l'avenir car nul ne doit s'attaquer à lui.
3. **Pour l'aigrir** : pour l'irriter.
4. **Si j'ai séduit Cinna** : si j'ai détourné Cinna de vous.

1630 Je crus qu'à d'autres soins elle serait sensible :
Je parlai de son père et de votre rigueur,
Et l'offre de mon bras suivit celle du cœur.
Que la vengeance est douce à l'esprit d'une femme !
Je l'attaquai par là, par là je pris son âme ;
1635 Dans mon peu de mérite elle me négligeait,
Et ne put négliger le bras qui la vengeait :
Elle n'a conspiré que par mon artifice ;
J'en suis le seul auteur[1], elle n'est que complice.

ÉMILIE

Cinna, qu'oses-tu dire ? est-ce là me chérir,
1640 Que de m'ôter l'honneur quand il me faut mourir ?

CINNA

Mourez, mais en mourant ne souillez point ma gloire.

ÉMILIE

La mienne se flétrit, si César te veut croire.

CINNA

Et la mienne se perd, si vous tirez à vous
Toute celle qui suit de si généreux coups[2].

ÉMILIE

1645 Eh bien ! prends-en ta part, et me laisse la mienne ;
Ce serait l'affaiblir que d'affaiblir la tienne :
La gloire et le plaisir, la honte et les tourments,
Tout doit être commun entre de vrais amants[3].
Nos deux âmes, seigneur, sont deux âmes romaines ;
1650 Unissant nos désirs, nous unîmes nos haines ;
De nos parents perdus le vif ressentiment[4]

---

1. **J'en suis le seul auteur** : je suis le seul auteur de la conspiration.
2. **Si vous tirez à vous / Toute celle qui suit de si généreux coups** : si vous vous appropriez la gloire qui résulte d'actions si éclatantes.
3. **Amants** : voir note 1 p. 56.
4. **De nos parents perdus le vif ressentiment** : le désir de vengeance que nous inspire le meurtre de nos parents.

Nous apprit nos devoirs en un même moment ;
En ce noble dessein nos cœurs se rencontrèrent ;
Nos esprits généreux ensemble le formèrent ;
1655 Ensemble nous cherchons l'honneur d'un beau trépas :
Vous vouliez nous unir, ne nous séparez pas.

AUGUSTE

Oui, je vous unirai, couple ingrat et perfide,
Et plus mon ennemi qu'Antoine ni Lépide[1] ;
Oui, je vous unirai, puisque vous le voulez :
1660 Il faut bien satisfaire aux feux dont vous brûlez,
Et que tout l'univers, sachant ce qui m'anime,
S'étonne du supplice aussi bien que du crime.

---

1. **Et plus mon ennemi qu'Antoine ni Lépide** : voir note 3 p. 65.

COUP DE THÉÂTRE

REPÈRES

1. Un coup de théâtre placé en fin de pièce n'annonce-t-il pas un autre genre dramatique, plus tardif et plus populaire que la tragédie classique ?

2. Pourquoi Livie veut-elle dénoncer Émilie à Auguste ?

3. Qu'est-ce qui fait le plus souffrir Auguste dans la déclaration d'Émilie ?

4. Émilie cherche-t-elle à sauver Cinna ?

5. Étudiez dans son ensemble l'attitude d'Émilie : comment la qualifier ?

OBSERVATIONS

6. Le vers 1565 est-il fidèle à la vérité ?

7. La tirade de Livie est-elle habile ?

8. Étudiez la déclaration de Cinna au vers 1627. Est-elle compatible avec son attitude à la scène 4 de l'acte III ?

9. Que révèle l'utilisation de la stichomythie* aux vers 1639-1644 ?

10. Montrez qu'Émilie et Cinna transcendent leur amour par la rivalité.

INTERPRÉTATIONS

11. Auguste est maintenant au courant de toutes les trahisons ; devrait-il pardonner ?

12. Montrez que Corneille a voulu ménager l'incertitude jusqu'à la dernière scène de sa pièce.

DE LA LECTURE À L'ÉCRITURE

13. Imaginez une intervention de Livie après la dernière réplique d'Auguste.

SCÈNE 3. AUGUSTE, LIVIE, CINNA, MAXIME, ÉMILIE, FULVIE.

AUGUSTE

Mais enfin le Ciel m'aime, et ses bienfaits nouveaux[1]
Ont enlevé Maxime à la fureur des eaux.
1665 Approche, seul ami que j'éprouve fidèle.

MAXIME

Honorez moins, seigneur, une âme criminelle.

AUGUSTE

Ne parlons plus de crime après ton repentir,
Après que du péril tu m'as su garantir :
C'est à toi que je dois et le jour et l'empire.

MAXIME

1670 De tous vos ennemis connaissez mieux le pire :
Si vous régnez encor, seigneur, si vous vivez,
C'est ma jalouse rage à qui vous le devez.
Un vertueux remords n'a point touché mon âme ;
Pour perdre mon rival j'ai découvert sa trame[2].
1675 Euphorbe vous a feint que je m'étais noyé,
De crainte qu'après moi vous n'eussiez envoyé :
Je voulais avoir lieu[3] d'abuser Émilie,
Effrayer son esprit, la tirer d'Italie,
Et pensais la résoudre à cet enlèvement
1680 Sous l'espoir du retour pour venger son amant[4] ;
Mais au lieu de goûter ces grossières amorces,
Sa vertu combattue a redoublé ses forces.
Elle a lu dans mon cœur ; vous savez le surplus,

---

1. **Nouveaux** : inattendus.
2. **J'ai découvert sa trame** : j'ai découvert le complot qu'il tramait.
3. **Avoir lieu [de]** : avoir une occasion [de].
4. **Sous l'espoir du retour pour venger son amant** : dans l'espoir qu'elle reviendrait venger Cinna.

    Et je vous en ferais des récits superflus.
1685 Vous voyez le succès[1] de mon lâche artifice.
    Si pourtant quelque grâce est due à mon indice[2],
    Faites périr Euphorbe au milieu des tourments,
    Et souffrez que je meure aux yeux de ces amants.
    J'ai trahi mon ami, ma maîtresse[3], mon maître,
1690 Ma gloire, mon pays, par l'avis de ce traître,
    Et croirai toutefois mon bonheur infini,
    Si je puis m'en punir après l'avoir puni.

AUGUSTE

    En est-ce assez, ô ciel ! et le sort, pour me nuire,
    A-t-il quelqu'un des miens qu'il veuille encor séduire ?
1695 Qu'il joigne à ses efforts le secours des enfers :
    Je suis maître de moi comme de l'univers ;
    Je le suis, je veux l'être. Ô siècles, ô mémoire[4],
    Conservez à jamais ma dernière victoire !
    Je triomphe aujourd'hui du plus juste courroux
1700 De qui le souvenir puisse aller jusqu'à vous.
    Soyons amis, Cinna, c'est moi qui t'en convie :
    Comme à mon ennemi je t'ai donné la vie,
    Et malgré la fureur de ton lâche destin[5],
    Je te la donne encor comme à mon assassin.
1705 Commençons un combat qui montre par l'issue
    Qui l'aura mieux de nous ou donnée ou reçue.
    Tu trahis mes bienfaits, je les veux redoubler ;
    Je t'en avais comblé, je t'en veux accabler :
    Avec cette beauté[6] que je t'avais donnée,
1710 Reçois le consulat pour la prochaine année.

---

1. **Le succès** : l'issue.
2. **Mon indice** : ma dénonciation.
3. **Ma maîtresse** : la femme que j'aime.
4. **Mémoire** : souvenir qui sera laissé aux générations futures.
5. **Destin** : projet.
6. **Cette beauté** : il s'agit, en termes galants, d'Émilie.

Aime Cinna, ma fille, en cet illustre rang,
Préfères-en la pourpre[1] à celle de mon sang ;
Apprends sur mon exemple à vaincre ta colère :
Te rendant un époux, je te rends plus qu'un père.

ÉMILIE

1715 Et je me rends, seigneur, à ces hautes bontés ;
Je recouvre la vue auprès de leurs clartés :
Je connais[2] mon forfait, qui me semblait justice ;
Et, ce que n'avait pu la terreur du supplice,
Je sens naître en mon âme un repentir puissant,
1720 Et mon cœur en secret me dit qu'il y consent.
Le ciel a résolu votre grandeur suprême ;
Et pour preuve, seigneur, je n'en veux que moi-même :
J'ose avec vanité me donner cet éclat[3],
Puisqu'il change mon cœur, qu'il veut changer l'État.
1725 Ma haine va mourir, que j'ai crue immortelle ;
Elle est morte, et ce cœur devient sujet fidèle ;
Et prenant désormais cette haine en horreur,
L'ardeur de vous servir succède à sa fureur.

CINNA

Seigneur, que vous dirai-je après que nos offenses
1730 Au lieu de châtiments trouvent des récompenses ?
Ô vertu sans exemple ! ô clémence qui rend
Votre pouvoir plus juste, et mon crime plus grand !

AUGUSTE

Cesse d'en retarder un oubli magnanime ;
Et tous deux avec moi faites grâce à Maxime ;
1735 Il nous a trahis tous ; mais ce qu'il a commis
Vous conserve innocents, et me rend mes amis.

---

1. La pourpre : allusion à la bande de pourpre qui bordait la toge des consuls.
2. Je connais : je reconnais.
3. J'ose avec vanité me donner cet éclat : j'ose proclamer…

À Maxime.

Reprends auprès de moi ta place accoutumée ;
Rentre dans ton crédit[1] et dans ta renommée ;
Qu'Euphorbe de tous trois ait sa grâce à son tour ;
1740 Et que demain l'hymen couronne leur amour.
Si tu l'aimes encor, ce sera ton supplice.

MAXIME

Je n'en murmure point, il a trop de justice[2] ;
Et je suis plus confus, seigneur, de vos bontés
Que je ne suis jaloux du bien que vous m'ôtez.

CINNA

1745 Souffrez que ma vertu dans mon cœur rappelée
Vous consacre une foi lâchement violée,
Mais si ferme à présent, si loin de chanceler,
Que la chute du ciel ne pourrait l'ébranler.
Puisse le grand moteur des belles destinées[3],
1750 Pour prolonger vos jours, retrancher nos années ;
Et moi, par un bonheur dont chacun soit jaloux,
Perdre pour vous cent fois ce que je tiens de vous !

LIVIE

Ce n'est pas tout, seigneur : une céleste flamme
D'un rayon prophétique illumine mon âme.
1755 Oyez[4] ce que les Dieux vous font savoir par moi ;
De votre heureux destin c'est l'immuable loi.
Après cette action vous n'avez rien à craindre :
On portera le joug désormais sans se plaindre ;
Et les plus indomptés, renversant leurs projets,
1760 Mettront toute leur gloire à mourir vos sujets ;
Aucun lâche dessein, aucune ingrate envie

---

1. **Rentre dans ton crédit** : retrouve ton influence.
2. **Il a trop de justice** : [ce supplice] n'est que trop justifié.
3. **Le grand moteur des belles destinées** : Dieu.
4. **Oyez** : écoutez.

N'attaquera le cours d'une si belle vie ;
Jamais plus d'assassins ni de conspirateurs :
Vous avez trouvé l'art d'être maître des cœurs.
1765 Rome, avec une joie et sensible et profonde,
Se démet en vos mains de l'empire du monde ;
Vos royales vertus lui vont trop enseigner
Que son bonheur consiste à vous faire régner :
D'une si longue erreur pleinement affranchie,
1770 Elle n'a plus de vœux que pour la monarchie,
Vous prépare déjà des temples, des autels,
Et le ciel une place entre les immortels[1] ;
Et la postérité, dans toutes les provinces,
Donnera votre exemple aux plus généreux princes.

AUGUSTE

1775 J'en accepte l'augure, et j'ose l'espérer :
Ainsi toujours les Dieux vous daignent[2] inspirer !
Qu'on redouble demain les heureux sacrifices
Que nous leur offrirons sous de meilleurs auspices ;
Et que vos conjurés entendent publier
1780 Qu'Auguste a tout appris, et veut tout oublier.

---

1. **Une place entre les immortels** : Livie prophétise l'apothéose impériale.
2. **Daignent** : subjonctif de souhait équivalent à « puissent ».

LA CLÉMENCE INATTENDUE

REPÈRES

1. Faites le compte de tout ce qui devrait empêcher Auguste de pardonner. Quels sont les obstacles ?

2. Le retour de Maxime et sa confession décident-ils Auguste à pardonner ?

3. Peut-on parler de coup de théâtre à propos de la clémence d'Auguste (vers 1698 et suivants) ?

4. Pourquoi Auguste pardonne-t-il d'abord à Cinna puis à Émilie ?

OBSERVATIONS

5. Dans la tirade d'Auguste, relevez les marques grammaticales et stylistiques qui prouvent sa volonté d'effacer le passé.

6. Comparez le ton d'Auguste à celui de Curiace à l'acte II scène 3 d'*Horace*.

7. Étudiez le rythme du vers 1693, l'utilisation des allégories et des allitérations. Qu'en déduisez-vous ?

8. L'attitude d'Émilie et de Cinna est-elle plausible ?

INTERPRÉTATIONS

9. Relevez les passages discordants par rapport à la générosité d'Auguste.

10. Ce dénouement était-il prévisible ?

11. Peut-on parler de caractère mythique à propos de ce dénouement ?

DE LA LECTURE À L'ÉCRITURE

12. Récrivez la réponse d'Émilie à Auguste (vers 1715 à 1728) en supposant qu'elle refuse son pardon.

DÉNOUEMENT DE LA TRAGÉDIE

L'action, dans une tragédie classique, doit être totalement achevée au dernier acte. Dans cette pièce, Corneille prend le parti de laisser le spectateur incertain jusqu'à la dernière scène, où les personnages se transforment.

1. Montrez que le rassemblement des principaux conjurés dans cet acte est nécessaire à la résolution de l'action.
2. Quel est le personnage le plus tourmenté dans cet acte ?
3. Et quel est le personnage le plus lamentable ?

AUGUSTE DEVIENT UN GRAND EMPEREUR

L'intérêt de ce dernier acte est lié à la projection des personnages dans le futur, assurée par la prophétie de Livie. Le spectateur a l'impression de quitter un terrain mouvant pour sortir du théâtre avec quelques certitudes.

4. De quoi dépend la grandeur d'Auguste ? Son attitude est-elle calculée ? Est-elle liée à l'intervention de Livie ? Nuancez votre réponse.
5. Essayez de définir la relation entre Auguste et Cinna.
6. Cinna peut-il désormais aimer Émilie en toute tranquillité ?
7. Pourquoi Émilie cède-t-elle à Auguste ?

RYTHMES

Les trois scènes qui composent ce cinquième acte diffèrent non par leur ton, mais par leur rythme. Les deux premières sont lentes, comme le suggère la formule « Prends un siège, Cinna… », car la confession de Cinna est nécessaire ; la lutte vertueuse entre Cinna et Émilie retarde la décision d'Auguste. La dernière scène, plus rapide, lève toutes les ambiguïtés. Le temps est suspendu à la prophétie de Livie, que les spectateurs doivent garder en mémoire.

8. Comment l'action progresse-t-elle dans cet acte ? Faites-en le schéma.
9. Pour quelles raisons cette pièce, qui s'achève en apothéose, est-elle cependant une tragédie ?

LETTRE
DE GUEZ DE BALZAC

Guez de Balzac (1597-1654) est un écrivain extrêmement célèbre au XVIIe siècle, et on le cite comme le prince de la critique et de l'éloquence, l'unico eloquente. Son traité politique, le Prince (1631-1634), déplaît à Richelieu, et Balzac doit s'exiler en Charente, d'où il ne reviendra pas. C'est de cette retraite forcée qu'il règne. Le succès de ses Lettres, qui mêlent le style familier et solennel, le souci de se présenter en particulier et de trancher des affaires de l'État et des Lettres, en fait une référence. Corneille, en lui adressant sa pièce, cherche ainsi l'aval de l'autorité littéraire et morale majeure de son temps. En effet, Balzac développe lui-même le mythe de la République romaine vertueuse. Ce qu'il dit à Corneille (« Vous nous faites voir Rome, etc. ») pourrait être adressé à lui-même. Ainsi, lorsqu'il écrit à Mme de Rambouillet, dont on sait qu'elle tient un salon alors prestigieux, il engage les femmes éclairées à devenir de vraies Romaines, vertueuses et généreuses. Peut-être peut-on cependant noter, dans la lettre qu'il adresse au Grand Corneille, une restriction quant au personnage d'Émilie qui, bien que femme vertueuse et héroïque, risque de l'être avec excès.

MONSIEUR,

J'ai senti un notable soulagement depuis l'arrivée de votre paquet, et je crie Miracle ! dès le commencement de ma lettre. Votre *Cinna* guérit les malades : il fait que les Paralytiques battent des mains ; il rend la parole à un Muet, ce serait trop peu de dire à un Enrhumé. En effet, j'avais perdu la parole avec la voix ; et puisque je les recouvre l'une et l'autre par votre moyen, il est bien juste que je les emploie toutes deux à votre gloire, et à dire sans cesse : *La belle chose !* Vous avez

161

peur, néanmoins, d'être de ceux qui sont accablés par la majesté des sujets qu'ils traitent, et ne pensez pas avoir apporté assez de force, pour soutenir la grandeur Romaine. Quoique cette modestie me plaise, elle ne me persuade pas, et je m'y oppose pour l'intérêt de la vérité. Vous êtes trop subtil examinateur d'une composition universellement approuvée, et s'il était vrai qu'en quelqu'une de ses parties vous eussiez senti quelque faiblesse, ce serait un secret entre vos Muses et vous, car je vous assure que personne ne l'a reconnue. La faiblesse serait de notre expression, et non pas de votre pensée ; elle viendrait du défaut des instruments, et non pas de la faute de l'ouvrier : il faudrait en accuser l'incapacité de notre langue. Vous nous faites voir Rome tout ce qu'elle peut être à Paris, et ne l'avez point brisée en la remuant. Ce n'est point une Rome de Cassiodore, et aussi déchirée qu'elle était au Siècle des Théodorics : c'est une Rome de Tite-Live, et aussi pompeuse qu'elle était au temps des premiers Césars. Vous avez même trouvé ce qu'elle avait perdu dans les ruines de la République : cette noble et magnanime fierté ; et il se voit bien quelques passables traducteurs de ses paroles et de ses locutions, mais vous êtes le vrai et le fidèle Interprète de son esprit et de son courage. Je dis plus, Monsieur, vous êtes souvent son Pédagogue, et l'avertissez de la bienséance, quand elle ne s'en souvient pas. Vous êtes le Réformateur du vieux temps, s'il a besoin d'embellissement, ou d'appui. Aux endroits où Rome est de brique, vous la rebâtissez de marbre. Quand vous trouvez du vide, vous le remplissez d'un chef-d'œuvre, et je prends garde que ce que vous prêtez à l'Histoire est toujours meilleur que ce que vous empruntez d'elle. La femme d'Horace, et la Maîtresse de Cinna, qui sont vos deux véritables enfantements, et les deux pures créatures de votre esprit, ne sont-elles pas aussi les principaux ornements de vos deux Poèmes ? Et qu'est-ce que la saine Antiquité a produit de vigoureux et de ferme dans le sexe faible, qui soit comparable à ces nouvelles Héroïnes que vous avez mises au monde ; à ces Romaines de votre façon ? Je ne m'ennuie point, depuis quinze

jours, de considérer celle que j'ai reçue la dernière. Je l'ai fait admirer à tous les habiles de notre Province : nos Orateurs et nos Poètes en disent merveilles ; mais un Docteur de mes voisins, qui se met d'ordinaire sur le haut style, en parle certes d'une étrange sorte ; et il n'y a point de mal que vous sachiez jusques où vous avez porté son esprit. Il se contentait le premier jour de dire que votre Émilie était la rivale de Caton et de Brutus, dans la passion de la Liberté. À cette heure il va bien plus loin. Tantôt il la nomme la Possédée du Démon de la République ; et quelquefois la belle, la raisonnable, la sainte et l'adorable Furie. Voilà d'étranges paroles sur le sujet de votre Romaine, mais elles ne sont pas sans fondement. Elle inspire en effet toute la Conjuration, et donne chaleur au Parti, par le feu qu'elle jette dans l'âme du Chef. Elle entreprend, en se vengeant, de venger toute la Terre : elle veut sacrifier à son Père une victime qui serait trop grande pour Jupiter même. C'est à mon gré une personne si excellente, que je pense dire peu à son avantage, de dire que vous êtes beaucoup plus heureux en votre race que Pompée n'a été en la sienne, et que votre fille Émilie vaut sans comparaison davantage que Cinna son petit-fils. Si cettui-ci même a plus de vertu que n'a cru Sénèque, c'est pour être tombé entre vos mains, et à cause que vous avez pris soin de lui. Il vous est obligé de son mérite, comme à Auguste de sa dignité. L'Empereur le fit Consul, et vous l'avez fait honnête homme ; mais vous l'avez pu faire par les lois d'un art qui polit et orne la vérité ; qui permet de favoriser en imitant ; qui quelquefois se propose le semblable, et quelquefois le meilleur. J'en dirais trop, si j'en disais davantage. Je ne veux pas commencer une Dissertation, je veux finir une lettre, et conclure par les protestations ordinaires, mais très sincères et très véritables, que je suis,
Monsieur,

Votre très humble serviteur,

DE BALZAC.

[17 janvier 1643.]

EXAMEN
(1660)

Ce poème a tant d'illustres suffrages, qui lui donnent le premier rang parmi les miens, que je me ferais trop d'importants ennemis, si j'en disais du mal. Je ne le suis pas assez de moi-même pour chercher des défauts où ils n'en ont point voulu voir, et accuser le jugement qu'ils en ont fait, pour obscurcir la gloire qu'ils m'en ont donnée. Cette approbation si forte et si générale vient sans doute de ce que la vraisemblance s'y trouve si heureusement conservée aux endroits où la vérité lui manque, qu'il n'a jamais besoin de recourir au nécessaire. Rien n'y contredit l'histoire, bien que beaucoup de choses y soient ajoutées ; rien n'y est violenté par les incommodités de la représentation, ni par l'unité de jour, ni par celle de lieu.

Il est vrai qu'il s'y rencontre une duplicité de lieu particulier. La moitié de la pièce se passe chez Émilie, et l'autre dans le cabinet d'Auguste. J'aurais été ridicule si j'avais prétendu que cet empereur délibérât avec Maxime et Cinna, s'il quitterait l'empire, ou non, précisément dans la même place, où ce dernier vient de rendre compte à Émilie de la conspiration qu'il a formée contre lui. C'est ce qui m'a fait rompre la liaison des scènes au quatrième acte, n'ayant pu me résoudre à faire que Maxime vînt donner l'alarme à Émilie de la conjuration découverte au lieu même où Auguste en venait de recevoir l'avis par son ordre, et dont il ne faisait que de sortir avec tant d'inquiétude et d'irrésolution. C'eût été une impudence extraordinaire, et tout à fait hors du vraisemblable, de se présenter dans son cabinet un moment après qu'il lui avait fait révéler le secret de cette entreprise, et porter la nouvelle de sa fausse mort. Bien loin de pouvoir surprendre Émilie par la peur de se voir arrêtée, c'eût été se faire arrêter lui-même, et se précipiter dans un obstacle invincible au dessein qu'il voulait exécuter. Émilie ne parle donc pas où parle Auguste, à la réserve du cinquième acte ; mais cela n'empêche pas qu'à considérer tout le poème ensemble, il n'ait son unité de lieu, puisque tout s'y peut passer, non seulement dans Rome ou dans un quartier de Rome, mais dans le seul palais d'Auguste, pourvu que vous y vouliez donner un appartement à Émilie, qui soit éloigné du sien.

Le compte que Cinna lui rend de sa conspiration justifie ce que j'ai dit ailleurs, que pour faire souffrir une narration ornée, il faut que celui qui la fait, et celui qui l'écoute, aient l'esprit assez tranquille, et s'y plaisent assez pour lui prêter toute la patience qui lui est nécessaire. Émilie a de la joie d'apprendre de la bouche de son amant avec quelle chaleur il a suivi ses intentions ; et Cinna n'en a pas moins de lui pouvoir donner de si belles espérances de l'effet qu'elle en souhaite. C'est pourquoi, quelque longue que soit cette narration sans interruption aucune, elle n'ennuie point ; les ornements de rhétorique dont j'ai tâché de l'enrichir ne la font point condamner de trop d'artifice, et la diversité de ses figures ne fait point regretter le temps que j'y perds ; mais si j'avais attendu à la commencer qu'Évandre eût troublé ces deux amants par la nouvelle qu'il leur apporte, Cinna eût été obligé de s'en taire, ou de la conclure en six vers, et Émilie n'en eût pu supporter davantage.

Comme les vers d'*Horace* ont quelque chose de plus net et de moins guindé pour les pensées que ceux du *Cid*, on peut dire que ceux de cette pièce ont quelque chose de plus achevé que ceux d'*Horace*, et qu'enfin la facilité de concevoir le sujet, qui n'est ni trop chargé d'incidents, ni trop embarrassé des récits de ce qui s'est passé avant le commencement de la pièce, est une des causes sans doute de la grande approbation qu'il a reçue. L'auditeur aime à s'abandonner à l'action présente, et à n'être point obligé, pour l'intelligence de ce qu'il voit, de réfléchir sur ce qu'il a déjà vu, et de fixer sa mémoire sur les premiers actes, cependant que les derniers sont devant ses yeux. C'est l'incommodité des pièces embarrassées, qu'en termes de l'art on nomme *implexes*, par un mot emprunté du latin, telles que sont *Rodogune* et *Héraclius*. Elle ne se rencontre pas dans les simples, mais comme celles-là ont sans doute besoin de plus d'esprit pour les imaginer, et de plus d'art pour les conduire, celles-ci, n'ayant pas le même secours du côté du sujet, demandent plus de force de vers, de raisonnement, et de sentiments, pour les soutenir.

Comment lire l'œuvre

La structure dramatique de *Cinna*

Drame signifie action*. Étudier une structure dramatique, c'est donc examiner quelles actions sont projetées, et par qui, et si ces actions sont accomplies ou abandonnées. Nourri d'Aristote, dont il discute et corrige les théories en expert dans ses trois *Discours* de 1660, Corneille est très sensible au caractère achevé ou inachevé de l'action et à la distinction entre personnages qui agissent en connaissance de cause et personnages qui agissent en aveugles. Cette dialectique de la connaissance et de l'action est une donnée fondamentale de la tragédie : tout tyran tend à accaparer le pouvoir et à s'y maintenir à tout prix. Or Auguste veut s'en démettre ; quelle attitude adopter dans ce cas ?

L'autre présupposé est lié à la genèse de la pièce : les critiques contemporains ont rappelé que l'action principale de *Cinna* est, aux yeux de Corneille lui-même, l'intrigue* politique, celle qui part du projet d'exécuter le tyran et qui aboutit à la clémence du prince ; l'intrigue amoureuse, pourtant plus goûtée des contemporains, est qualifiée de secondaire.

Acte I
Le monde de la vengeance : trouble d'Émilie

Émilie est évidemment le sujet moteur de l'action : l'objet de son action est la vengeance de son père, par la mort d'Auguste, qui l'a assassiné. Cinna n'est encore qu'un instrument, un auxiliaire. Pour reprendre la distinction effectuée par don Diègue dans *le Cid*, Émilie est la « tête », le cerveau qui conçoit le projet de vengeance ; Cinna est « le bras », l'exécutant. Dans la terminologie de Greimas (*Sémantique structurale*, Larousse), Émilie est à la fois le sujet désirant, le destinateur, c'est-à-dire le personnage qui a tous pouvoirs pour définir l'objectif de l'action (la vengeance) puisqu'elle tire les fils de la conjuration, et la destinataire, car c'est elle avant tout qui sera vengée. Pouvoir exorbitant, qui explique le monologue* initial : au début de la pièce, il n'y a pour ainsi dire qu'Émilie.

Le mouvement dramatique de l'acte I va dans le sens d'une dépossession progressive de ce personnage encombrant. Le principe de cette dépossession est donné dès le vers 18 : « J'aime encor plus Cinna que je ne hais Auguste ». L'amour semble donc l'emporter sur le désir de vengeance. Attaquant un prince tout-puissant, Cinna est voué à une mort presque certaine. C'est ce que Fulvie, la confidente d'Émilie, soutient dès la scène 2 : « Ne vous aveuglez point quand sa mort est visible » (vers 117). Émilie devient alors opposant à sa propre entreprise, car le souverain bien n'est plus pour elle la vengeance de son père, mais la conservation de Cinna ; faiblesse passagère il est vrai : « Mon esprit en désordre à soi-même s'oppose » (vers 121). C'est la posture du héros tragique*, toujours déchiré entre des impératifs contradictoires. À la faveur du désarroi d'Émilie, Cinna devient le premier rôle, l'âme de la conspiration : Cinna anime les conjurés par son éloquence, le bien recherché est le sacrifice d'Auguste, qui fera « justice » à toutes ses victimes ; Émilie est réduite au rôle d'auxiliaire. Mais si elle se rallie à la cause des justiciers, c'est pour peu de temps. L'arrivée d'Évandre, affranchi de Cinna, suscite la première péripétie* de la pièce : si Maxime et Cinna sont convoqués chez Auguste en même temps, c'est que leur conspiration est découverte. Émilie fait alors figure d'opposant à l'entreprise de Cinna, qui était d'abord la sienne ; c'est l'estime des qualités politiques d'Auguste qui la rend à elle-même : « Si tout est découvert, Auguste a su pourvoir / À ne te laisser pas ta fuite en ton pouvoir ». Mieux vaut donc affronter bravement un danger que nul ne peut fuir.

Acte II
L'univers officiel : grandeur d'Auguste

Au rétrécissement progressif d'Émilie répond, dès le début de l'acte II, la majesté quasi divine du personnage d'Auguste. « Ce pouvoir souverain que j'ai sur tout le monde » (sur le monde entier, vers 358) est encore au-dessous des aspirations d'une âme que nulle grandeur matérielle ou politique ne saurait contenter. À l'acharnement d'Émilie contre Auguste répond donc une lassitude de la part d'Auguste. La péripétie est capitale : comment poursuivre un tyran qui, bien loin de se cramponner à un pouvoir injuste, veut s'en dessaisir ?

Cinna et Maxime se croyaient convoqués en tant qu'opposants, conjurés découverts, hommes à abattre. Ils se découvrent auxiliaires, conseillers du prince et ses amis intimes, et plus encore « destinateurs » : « Votre avis est ma règle, et par ce seul moyen / Je veux être empereur ou simple citoyen » (vers 403-404). Le souverain bien, aux yeux du monarque, n'est plus le pouvoir, mais la paix et la tranquillité. Dès lors, Maxime se transforme logiquement en auxiliaire du Prince : puisque vous voulez abdiquer, rendez à Rome sa liberté. Donnant le conseil inverse, celui de régner, Cinna fait figure d'opposant, encore incompris du spectateur : il résiste au désir de retraite formulé par Auguste et s'oppose également au projet des conspirateurs, qui voulaient restituer à Rome la liberté démocratique. Explication très vive entre les deux chefs de la conjuration, la scène 2 (et dernière) de l'acte II se place dans la perspective de Maxime : il désire la liberté de Rome par tous les moyens, y compris l'octroi de cette liberté par un Auguste démissionnaire ; avec ses « beaux discours » en faveur du pouvoir monarchique, Cinna fait figure d'opposant. C'est qu'il conçoit un autre bien, la vengeance d'Émilie. Mais cet aveu, qui implique celui de leur amour réciproque, ne sera fait que pendant l'entracte.

Acte III
Désillusions et confusion des sentiments

L'incertitude porte donc sur le bien désiré. À l'acte I, tout semblait clair : Émilie voulait la vengeance, Cinna, Maxime et les autres conjurés la liberté de Rome, et Auguste était censé désirer son maintien au pouvoir. Mais l'empereur veut abdiquer, Cinna sert en réalité la vengeance privée d'Émilie, et le seul Maxime défend la liberté de Rome.

Cette illusion de la vertu se dissipe au début de l'acte III. « Je pense servir Rome, et je sers mon rival » (vers 720) : l'aveu de Maxime à son affranchi Euphorbe constitue une péripétie décisive. À l'émulation en faveur de la liberté succède une vulgaire rivalité amoureuse entre Maxime et Cinna. Le schéma actantiel s'appauvrit : le bien désiré (l'enjeu du conflit) est Émilie. Maxime et Cinna prétendent l'épouser, mais le jeu de Cinna fait de lui l'arbitre de la situation : s'il tue Auguste (après avoir parlé en faveur de son maintien au pouvoir), il épousera Émilie. Affranchi retors, Euphorbe amène Maxime à douter de la loyauté de Cinna : puisque celui-ci a dissimulé son amour sous la noble passion de la liberté, pourquoi ne dis-simulerait-il pas son ambition sous son amour pour Émilie ?

Du rôle d'auxiliaire, Maxime est près de passer à celui d'op-posant, et d'allié d'Auguste : qu'il dénonce la conjuration, et Auguste pourra lui donner Émilie. Mais ce calcul d'Euphorbe se heurte à un reste de générosité chez Maxime : il veut faire d'Émilie l'arbitre de son destin, et non l'obtenir du souverain. La scène 2 porte le trouble à son comble : Cinna n'est plus véritablement sujet, au sens actantiel du terme car il ne sait plus ce qu'il veut. Être ingrat en assassinant son bienfaiteur Auguste ? Perdre Émilie, qu'il aime passionnément, en renon-çant à sa vengeance ? Maxime lui aussi se dérobe à ses res-ponsabilités. Il se veut d'abord premier rôle, faisant parler Rome : « Rends-moi, rends-moi, Cinna, ce que tu m'as ôté ; / Et si tu m'as tantôt préféré ta maîtresse, / Ne me préfère pas le tyran qui m'oppresse » (vers 848-850). Mais ce rôle de champion de Rome est abandonné dès la fin de la scène :

Maxime se retire « en confident discret », non des vœux des Romains, mais des amours de Cinna et d'Émilie. Le monologue qui suit (scène 3) confirme la position d'arbitre (ou de « destinateur ») accordé à Émilie : « C'est à vous à régler ce qu'il faut que je fasse » (vers 897). Personnage divisé entre l'amour et la reconnaissance, Cinna va donc proposer à Émilie, personnage entier, de changer d'avis : la donnée de la scène 4 serait comique*, si les protagonistes n'étaient pas en danger de mort. Émilie et Cinna emploient tous deux la même expression pour traduire leur volonté : « Je suis toujours moi-même » ; mais pour Émilie rien n'a changé depuis l'acte I ; en Cinna, au contraire, la confiance manifestée par le souverain a ranimé une reconnaissance qui brûle de s'exprimer. Cinna veut qu'Émilie fasse preuve de clémence à l'égard d'Auguste, en considération des bienfaits que tous deux ont reçus. Faute de cette clémence, Émilie est qualifiée de « tyran » à la fin de la scène. Le schéma actantiel, tel qu'il est présenté par Cinna, pourrait alors se traduire ainsi : Émilie force Cinna à assassiner leur commun bienfaiteur. Fulvie joue ensuite le même rôle d'auxiliaire objectif d'Auguste que dans la scène 2 de l'acte I : lancé contre Auguste, Cinna risque de périr. Mais Émilie tient bon.

Acte IV
La dénonciation

Comme à l'acte II, l'initiative appartient aux traîtres. La péripétie majeure est une trahison que sa bassesse même relègue dans l'entracte : c'est Euphorbe, vil affranchi, et non son maître Maxime qui dénonce la conjuration. La dénonciation se complique d'un double mensonge : comme il l'avait recommandé à Maxime, Euphorbe accable Cinna pour disculper les autres conjurés, et il porte une tentative de suicide au crédit de Maxime pour obtenir plus tard son pardon. Le schéma actantiel se modifie à nouveau : Auguste veut le bien de l'État, les conjurés éprouvent de « justes remords » (remords justifiés) et Maxime se repent. Dans ce consensus, Cinna persévère dans le mal : il est l'opposant par excellence, l'ennemi public numéro un, dirait-on de nos jours. Mais il est, manifestement, hors d'état de nuire. Le conflit tragique se résume alors dans le cœur du souverain, partagé entre vengeance (Octave), clémence politique, liée à la lassitude et au souvenir des complots précédents, et désespoir menant au suicide (« Meurs »). Le monologue célèbre de la scène 2 de l'acte IV est au spectacle théâtral ce que le théâtre de chambre est au grand orchestre symphonique. Il fait pendant au monologue d'Émilie à la scène 1 de l'acte I et surtout à celui de Cinna à la scène 3 de l'acte III.

L'apparition de Livie, à la scène 2, est évidemment celle d'un auxiliaire, mais Livie est traitée comme un ennemi, car elle ne s'attache qu'à l'opinion publique, et non aux tourments d'Octave Auguste. Le souverain bien est pour elle la réputation : « Son pardon peut servir à votre renommée » (vers 1214).

Il faut que Livie soit seule pour qu'elle apparaisse enfin comme auxiliaire : la clémence, dit-elle à la fin de la scène, « est la plus belle marque / Qui fasse à l'univers connaître un vrai monarque ».

La scène 4 entre Émilie et Fulvie reprend la scène 2 de l'acte I, sans modifier le schéma actantiel : Émilie s'inquiète d'être si calme, alors qu'elle éprouvait à l'acte I des craintes inutiles. Les scènes suivantes modifient profondément le schéma, à la suite de multiples retournements : Maxime avoue le simulacre de suicide qui le sauve, puis son amour pour Émilie qui fait de lui un imposteur ; il prétend en effet prendre la place de Cinna en sauvant « la plus belle moitié qui reste de lui-même » (vers 1334). Il ne reste plus à Maxime qu'à se dénoncer lui-même, en un monologue désespéré.

Acte V
Triomphe d'Auguste

Désormais, tous les atouts sont dans la main d'Auguste. Mais il ne sait que résoudre, et reste dans l'état d'esprit du monologue (acte IV, scène 2) jusqu'à la dernière scène. L'action s'élargit de scène en scène, conformément à une logique de l'aveu. La scène 1 aboutit à un aveu forcé de Cinna : le prétendu ami et confident est un ennemi, un ingrat, un serpent que le bienfaiteur a réchauffé dans son sein.

Cinna tente de se sauver en se présentant enfin comme opposant : « N'attendez point de moi d'infâmes repentirs » (vers 1551). Émilie adopte aussi ce rôle de pécheur impénitent : « Oui, tout ce qu'il a fait, il l'a fait pour me plaire ». Mais en se présentant comme séductrice, Émilie ôte à Cinna le rôle de sujet pour faire de lui un simple auxiliaire, comme au début de la pièce. Cinna et Émilie finissent par se mettre sur le même plan : « Ensemble nous cherchons l'honneur d'un beau trépas » (vers 1655). L'aveu de Maxime porte à son comble la désillusion d'Auguste : tous ses amis étaient des ennemis, et le dernier, Maxime, accablant un affranchi, montre la voie de la bassesse. Le pardon d'Auguste rassemble sur lui toutes les fonctions actantielles : il est le Grand Monarque qui veut la gloire de Rome ; il est le Destinateur universel, puisqu'il donne à la fois la paix à Rome, le pardon aux conjurés et Émilie à Cinna. Il est aussi l'auxiliaire de tous les personnages : ses dons les rappellent à l'estime d'eux-mêmes. Enfin, tous ses dons lui sont rendus au centuple, puisque Livie prédit que l'Histoire s'arrêtera sur ce nouvel âge d'or. Rome est désormais « affranchie » de cette aliénation subtile qui consiste à vouloir la liberté quand on a déjà le bonheur...

Résumé

Acte I

La conjuration

Seule en scène, Émilie s'inquiète : elle a chargé son amoureux Cinna de venger le meurtre de son père, tué par l'empereur Auguste ; elle craint d'exposer Cinna à la mort (scène 1). Face à la prudente Fulvie, sa confidente, Émilie se ressaisit : Cinna ne l'épousera que s'il venge le père d'Émilie en tuant

Auguste (scène 2). Survient Cinna, qui rend compte avec éloquence de l'ultime réunion des conjurés décidés à tuer le tyran (scène 3). Évandre, affranchi de Cinna, vient annoncer que l'empereur convoque sans délai Cinna et son ami Maxime, chefs de la conjuration : moment de panique...

Acte II
Délibération sur l'avenir de Rome
Auguste demande à Cinna et à Maxime s'il doit quitter le pouvoir ou s'y maintenir. Maxime conseille de l'abandonner, Cinna de le garder (scène 1). Cinna et Maxime s'expliquent : Maxime reproche à Cinna de ne pas avoir accepté le retour de la république en refusant l'abdication d'Auguste ; Cinna défend son projet de vengeance : il faut libérer Rome en vengeant Émilie, donc maintenir Auguste au pouvoir pour mieux l'abattre.

Acte III
Complications
Pendant l'entracte, Cinna a révélé à Maxime qu'il aime Émilie, et veut la venger par amour. Maxime avoue qu'il l'aime également. Euphorbe part de cette rivalité pour conseiller à Maxime de dénoncer la conjuration ; il obtiendra Émilie d'Auguste, son tuteur, en échange de cette dénonciation (scène 1). Sans méfiance à l'égard de Maxime, Cinna lui confie ses remords : Auguste, qu'il va tuer, est son bienfaiteur (scène 2). Un monologue expose le déchirement de Cinna, partagé entre sa reconnaissance pour Auguste et sa passion pour Émilie (scène 3). Arrive Émilie : Cinna tente en vain de se dégager de la parole donnée en invoquant les bontés d'Auguste pour lui ; Émilie refuse avec mépris, menace de tuer elle-même Auguste, et Cinna se résout à l'exécution la mort dans l'âme.

Acte IV
Découverte du complot : Auguste à l'épreuve
Euphorbe dénonce à Auguste la conjuration, charge Cinna et excuse son maître Maxime en annonçant son suicide (scène 1). Monologue d'Auguste : faut-il pardonner, punir

ou se tuer ? Auguste ne prend aucune décision (scène 2). Livie lui conseille la clémence pour des raisons politiques (scène 3). Émilie pressent l'échec de la conjuration, mais reste fidèle à son projet de vengeance (scène 4). Maxime révèle qu'Euphorbe a menti pour le protéger d'Auguste ; il propose la fuite à Émilie ; elle refuse avec mépris (scène 5). Monologue de Maxime : il se considère comme traître, mais rejette la faute sur son affranchi.

Acte V
Le pardon d'Auguste

Auguste s'adresse à Cinna, qu'il a convoqué seul ; il l'accuse d'ingratitude et lui montre qu'il sait tout sur la conjuration. Cinna le brave (scène 1). Livie amène Émilie, fille adoptive d'Auguste, et révèle qu'elle a conspiré contre lui. Émilie et Cinna se disputent la responsabilité de la conjuration ; Auguste reste menaçant (scène 2). Maxime révèle à Auguste qu'il a trahi tout le monde. Auguste, par un effort suprême, choisit de pardonner. Livie prophétise un nouvel âge d'or dans un empire enfin pacifié.

Soyons ami, Cinna… *Acte V, scène 3, vers 1701.*
Gravure d'après Hubert Gravelot, 1774.

Les personnages

Les personnages de tragédie s'organisent souvent par couples, alliés, antagonistes ou subordonnés l'un à l'autre. Corneille au sommet de sa gloire a souvent été comparé à Sophocle, qui aime juxtaposer un personnage fort et un personnage faible – Électre et Chrysothémis, Antigone et Ismène. De même, dans *le Cid*, Rodrigue gagne le duel contre don Sanche, Chimène sait mieux se faire aimer de Rodrigue que l'Infante. La dualité est aussi liée à l'histoire romaine, volontiers gémellaire : Romulus le fort et Remus le faible, mais aussi Romulus le roi guerrier et Numa le roi pacifique et pieux, et, plus près de Cinna, César et Pompée, Octave et Antoine, Brutus et Cassius.

Ce rapport de rivalité se retrouve dans la relation entre Cinna et Maxime, tous deux amoureux d'Émilie, tous deux épris de la liberté de Rome et tous deux prêts à trahir les idéaux en faveur de leur passion du moment. Émilie et César sont eux aussi présentés comme un couple antithétique au début du monologue central de *Cinna* (acte III, scène 3) : « Émilie et César, l'un et l'autre me gêne ». Le singulier autorisé par l'usage grammatical de l'époque montre bien l'équivalence entre les deux personnages. Octave Auguste domine le monde et se montre impitoyable pour les conspirateurs ; Émilie domine les hommes – en tout cas les hommes bien nés – et exige d'eux la vengeance de son père et la reconquête de la liberté. La révolte d'Émilie, sa fille adoptive, dresse contre Auguste un autre lui-même. L'exclamation « Et toi, ma fille, aussi ! » est donc bien autre chose qu'une réminiscence historique, une allusion au mot de César « *tu quoque, mi fili* » (« toi aussi, mon fils ») ; la lutte contre Émilie figure la lutte de Jacob avec l'ange, le combat contre soi-même, le plus rude de tous.

L'intérêt tragique du texte tient en effet à la dualité des principaux personnages : Octave le meurtrier et Auguste le magnanime, Émilie amoureuse et furie vengeresse, Cinna aliéné par sa passion pour Émilie et Cinna éperdu de reconnaissance pour Auguste, Maxime ami et rival de Cinna, Euphorbe même, vil affranchi et habile manipulateur, expert à sonder les replis de la mauvaise conscience. Mais à la différence du tragique traditionnel, résumé par la formule du *Cid* « Meurs ou tue », le système des personnages admet une issue dans l'invention d'autres attitudes : pour Auguste, c'est celle d'un César triomphant ; pour Émilie, l'adoption d'un père de remplacement ; pour Cinna, l'acceptation de la faveur impériale malgré l'humiliation qui précède. On sait que les rivaux des guerres civiles n'ont jamais pu s'entendre qu'en recourant à une tierce personne, plus effacée : ce fut Crassus pour Pompée et César, Lépide pour Octave et Antoine ; on peut se demander si le personnage irrésolu de Cinna, devenu « honnête homme » par la volonté de Corneille, ne joue pas un rôle analogue dans l'opposition irréconciliable entre Auguste et Émilie.

La liste des personnages permet d'affiner ces considérations trop symétriques. Octave Auguste est en effet plus complexe que ce personnage antithétique évoqué par deux discours également éloquents. Éloquence satirique de la part de Cinna, lorsqu'il rappelle le destin d'Octave : « Tantôt ami d'Antoine et tantôt ennemi / Et jamais insolent ni cruel à demi ». Opportuniste dans ses choix, extrême dans son action, Octave est le type même de l'adversaire redoutable ; il ressemble beaucoup à son père adoptif, César, qui était son grand-oncle. L'empereur Auguste est au contraire le type même de l'homme au pouvoir : destinée accomplie, conscience de la vanité des choses de ce monde. Mais ce personnage prend une épaisseur romanesque dans son monologue, qui brasse à nouveau les souvenirs horribles de la guerre civile, évoqués par Cinna devant les conjurés. Dans une sorte d'agonie, l'empereur revoit ses cruautés, selon un ordre d'abord progressif (de la défaite d'Antoine à Actium à celle de Sextus Pompée en Sicile) puis régressif (le massacre des habitants de Pérouse date du début des guerres civiles contre Antoine). Éclatement de la temporalité, éclatement du moi : Auguste se rêve à la fois mourant et meurtrier, victime et bourreau. Ce fantasme du meurtre-suicide transforme l'empereur en terroriste. La clémence apparaît alors comme une réconciliation avec soi-même autant qu'avec autrui : Auguste aura réappris à s'aimer.

La liste des personnages, établie selon leur hiérarchie et non, comme dans le théâtre moderne, par ordre d'entrée en scène, donne ensuite « Livie, impératrice ». Livie conseille, en femme avisée, la clémence politique à titre d'essai. Mais même Livie présente une ambiguïté ; fidèle à l'empereur, elle peut aussi intercéder en faveur de Cinna dont elle ignore, à la fin de l'acte I, la liaison avec Émilie. Celle-ci déclare alors (vers 346-348) : « Avec moins de frayeur je vais donc chez Livie, / Puisque dans ton péril il me reste un moyen / De faire agir pour toi son crédit et le mien ».

Cinna est plus complexe : l'acte I le désigne comme le valeureux champion de la liberté, mais aussi comme un bon orateur prompt à se citer lui-même. C'est un héritier : petit-fils de Pompée, protégé par le fils adoptif de César, il a des soutiens dans les deux camps. À l'acte II, Maxime voit en lui une sorte de tartuffe (avant l'heure) de la liberté, masquant ses intrigues amoureuses sous un idéal politique ; Cinna ne serait-il qu'un phraseur ? Lorsqu'il tente de donner une unité à son comportement, il soutient qu'il a demandé à Auguste de conserver le pouvoir pour garder l'occasion de l'abattre, quitte à demander sa grâce à celle qui lui a demandé sa tête. Émilie n'a aucune peine à dénoncer la contradiction, liée à un caractère impulsif qui est sans doute à l'origine d'une éloquence entraînante ; Cinna est très persuasif, peu convaincant. Quelle que soit la générosité d'Auguste, Cinna oublie un peu vite, après le fameux « Soyons amis, Cinna », destiné à grandir Auguste aux yeux de la postérité, les humiliations de la scène 1 de l'acte V. A-t-il oublié cette formule cinglante : « Si je t'abandonnais à ton peu de mérite » (vers 1522) ? Cinna n'est rien devant Auguste : il semble qu'il l'accepte avec une humilité plus chrétienne que romaine. Les vertus de Polyeucte semblent déjà se dessiner ici.

Maxime est cité, en tant qu'homme, avant Émilie, qui pourtant le domine constamment. Il n'est pas un héritier, et montre la susceptibilité du parvenu : il est prompt à soupçonner qu'il sert un rival, et sa méfiance le pousse à prendre conseil de son affranchi, quitte à le désavouer à la fin de l'acte IV : « Jamais un affranchi n'est qu'un esclave infâme ». Pardonné par Auguste, il serait tout de même prêt à s'acharner sur un mauvais conseiller plus intelligent que lui. Dans la délibération de l'acte II, il plaide devant Auguste la cause de la démocratie avec une éloquente simplicité. Comme il échoue, il devient maladroitement retors avec Émilie, qui n'a pas de peine à le percer à jour : « L'ordre de notre fuite est trop bien concerté / Pour ne te soupçonner d'aucune lâcheté ».

Émilie a une autre envergure. Pour écrire le monologue qui la campe au début de la tragédie, Corneille a dû se souvenir des fureurs d'Érichto, la sorcière de Thessalie. Chez elle l'allégorie prend vie, l'hypotypose* a la netteté d'une hallucination. On comprend que Guez de Balzac ait vu dans cette « aimable inhumaine » une « adorable furie » (voir p. 163). Certes, elle faiblit tout au long de l'acte I. Mais elle se reprend, et domine de sa clairvoyance les actes III et IV, tout de confusion. Elle reste « la même » jusqu'au bout, et sa reddition finale n'est pas une capitulation, mais une conversion. La face noire du personnage reste cependant présente : jamais elle ne dément cette idée que les bienfaits « tiennent lieu d'offense » quand ils partent « d'une main odieuse ». Elle accepte les bienfaits d'Auguste, et s'en sert contre lui. En ce sens, elle autorise, au nom d'un point de vue supérieur, tous les retournements, toutes les trahisons d'être moins entiers qu'elle, et qui cherchent dans des restrictions de conscience un alibi à l'ingratitude, ou une complaisance coupable envers des bienfaits qui les corrompent.

La confidente d'Émilie est la seule à ne pas être une « affranchie ». Elle incarne le sens des réalités face à la « gloire » intransigeante d'une Émilie vengeresse ; elle voit dans sa maîtresse une amoureuse qui se complique inutilement la vie ; mais ce bon sens « raisonnable » n'est pas écouté. Euphorbe est, on l'a vu à propos de Maxime, un redoutable sophiste prompt à jeter le soupçon sur Cinna ; c'est lui qui guide Maxime, quitte à être rangé dans la longue lignée des mauvais conseillers, bien avant l'Œnone de *Phèdre*. Évandre et Polyclète sont des simples utilités : des messagers à la fois insignifiants et redoutables.

Enjeux politiques et histoire romaine

La genèse de la tragédie (voir p. 344) le montre bien : Corneille s'inspire ici non seulement des récits de Sénèque et Montaigne qu'il place en tête de sa tragédie lors de sa première publication en janvier 1643, mais aussi de l'*Histoire romaine* de Coëffeteau, qui lui donne d'autres références comme Dion Cassius notamment, pour le débat relatif aux mérites respectifs de la monarchie et de la république.

Pour mieux comprendre les enjeux politiques de la tragédie historique, il faut examiner deux mythes : celui de la grandeur romaine et celui de la liberté héroïque.

La grandeur romaine est fondée sur deux notions, l'une collective, la « majesté » du peuple romain, l'autre individuelle, la supériorité absolue de l'homme libre sur l'esclave. La majesté du peuple romain légitime son autorité sur l'empire : le monde connu à l'époque, c'est-à-dire tous les pays du bassin méditerranéen, ont été conquis de vive force par des légions composées d'hommes libres. Par la guerre, Rome a imposé aux peuples conquis la « *pax Romana* », la paix romaine. L'Empire, c'est donc la paix et l'empereur Auguste est le gage de cette unité : à cette époque, on commence à introduire le culte civique de l'empereur dans les provinces, à l'adorer comme un dieu. La tragédie suivante, *Polyeucte* (1643), montre comment les chrétiens se mettent au ban de l'Empire en refusant de célébrer le culte impérial.

Mais, très logiquement, cette paix issue de guerres multiples recèle en elle tous les ferments d'une guerre plus redoutable encore, la guerre civile. « *Plus quam civilia bella* » écrit Lucain dans son épopée *la Pharsale* : des guerres pires que des guerres civiles. En effet, on s'entredéchire en famille depuis plus de cinquante ans : « Romains contre Romains, parents contre parents, / Combattaient seulement pour le choix des tyrans » (acte I, scène 3, vers 187-188). Bien avant Montesquieu et Voltaire, les théoriciens politiques du XVIᵉ siècle ont montré comment les divisions des Romains, leurs richesses excessives, issues du pillage des provinces conquises, les ont rendus esclaves des pays qu'ils avaient conquis, et plus précisément des généraux vainqueurs : Pompée, Jules César, Octave Auguste.

Le début de *Cinna* nous présente l'histoire d'une déchéance : Émilie défend la liberté héroïque du citoyen romain, qui conquiert le monde parce qu'il se sait supérieur aux rois. Elle rappelle cet idéal à Cinna, trop prompt à se mettre au service d'Auguste : « Et prenant d'un Romain la générosité, / Sache qu'il n'en est point que le Ciel n'ait fait naître / Pour commander aux rois, et pour vivre sans maître » (acte III, scène 4, vers 1000-1002). Le premier Romain digne de ce nom est Brutus, qui chasse le roi d'origine étrusque Tarquin, en 509 avant notre ère, pour établir la république. En principe, cette république est une démocratie : c'est le peuple qui gouverne, en élisant ses magistrats, en particulier ses consuls. Mais dans les faits, cette démocratie est une oligarchie, c'est-à-dire le pouvoir d'un petit nombre, et plus précisément d'un petit nombre de riches. Ce pouvoir de l'argent, parfois appelé ploutocratie, est lié au suffrage censitaire. C'est le peuple en armes qui vote, et comme chacun doit payer son équipement, ceux qui n'en ont pas les moyens sont exclus de cette assemblée. Or le déclin du sens civique et le nombre croissant des conflits – guerres civiles et guerres étrangères – amène dès 106 le général Marius à enrôler des prolétaires dans l'armée. Ceux-ci n'ont pour richesse que leurs enfants et le revenu des pillages que leur général leur permet.

L'attachement à des généraux comme Pompée, César ou Antoine, le rival d'Octave, se susbstitue au désir de servir la République romaine.

Le discours de Cinna aux conjurés illustre bien cette dégradation : l'intrigue et l'ambition ont remplacé le sens de l'État. Le bel idéal de l'orateur Cicéron, la « concorde entre les citoyens », a laissé la place à des arrangements entre ambitieux : « J'ajoute à ce tableau la peinture effroyable / De leur concorde impie, affreuse, inexorable ; / Funeste aux gens de bien, aux riches, au sénat / Et pour tout dire enfin, de leur triumvirat ». Le triumvirat n'est pas seulement un compromis entre trois hommes politiques ambitieux, d'abord (en 60 av. J. C.) entre Pompée, César et Crassus, puis (en 43 av. J.-C.) entre Octave – le futur Auguste – Antoine et Lépide ; c'est une caricature diabolique de la concorde entre les citoyens, une sorte de gang politique qui correspond à ce que nous appellerions de nos jours une dérive mafieuse. Les triumvirs ont confisqué à leur profit l'État républicain, et les « proscriptions » – mise à prix des adversaires politiques – institutionnalisent les règlements de compte entre bandes rivales. C'est ainsi qu'Octave a abandonné Cicéron à la vengeance d'Antoine, que le grand orateur avait osé attaquer dans ses *Philippiques*.

Une telle vision de l'Histoire appelle une double lecture, selon que le spectateur se place dans le passé de Rome ou dans la perspective classique liée au développement de la monarchie.

Pour une Romaine comme Émilie, il faut retrouver les vertus des républicains passés, l'héroïsme de Brutus l'Ancien qui a chassé les Tarquins pour établir la république, et celui de son lointain descendant Brutus, fils adoptif de César, qui a osé le tuer parce que ce dernier voulait se faire roi. L'aspiration à la liberté est la valeur suprême, à laquelle les Romains dignes de ce nom, c'est-à-dire généreux, doivent tout sacrifier, y compris l'instinct de conservation. Émilie est prête à mourir pour tuer le tyran.

L'autre perspective se veut réaliste : de fait, l'enrichissement de Rome « produit des citoyens plus puissants que des rois ». La Rome d'Auguste est, qu'on le veuille ou non, gouvernée par une oligarchie : Émilie, Cinna, et même Maxime appartiennent au même petit groupe de « patriciens », c'est-à-dire de grandes familles dont les ancêtres ont dirigé Rome. La république n'était pas une démocratie, au sens où nous l'entendons aujourd'hui, mais ce que Rousseau appellera plus tard une « oligarchie élective ». Le débat garde son actualité : les voix du peuple vont-elles aux plus justes, ou à ceux qui bénéficient du pouvoir donné par l'argent ? La tragédie donne sur ce point une réponse claire et univoque, liée à l'adhésion de l'auteur au pouvoir monarchique : « Mais quand le peuple est maître, on n'agit qu'en tumulte : / La voix de la raison jamais ne se consulte. [...] Le pire des États, c'est l'État populaire. » Nul doute que cette tirade surprenante dans la bouche de Cinna (acte II, scène 1, vers 509-521) ne soit fidèle à la pensée de Corneille. Tous les personnages y compris les conjurés sont d'accord pour condamner la versatilité du peuple ; Cinna la blâme à la fin de son discours aux conjurés : « [...] le peuple, inégal à l'endroit des tyrans, / S'il les déteste morts, les adore vivants ». Le peuple réagit donc comme un groupe de courtisans : il y a longtemps que les libéralités des gouvernants l'ont corrompu. Corneille peut s'autoriser, pour cette vision pessimiste, des formules célèbres de Tacite dans ses *Annales* : à l'avènement de Tibère, successeur d'Auguste, « tous se précipitent dans l'esclavage » (*Annales*, I, 7).

La tragédie politique s'édifie sur la ruine des valeurs ancestrales : l'amour de la liberté ne s'affaiblit pas seulement ; il se transforme en passion de l'esclavage. Qui a renoncé à la liberté ne veut plus voir autour de soi que des esclaves. C'est ce que laisse entendre l'invective d'Émilie contre Cinna : « Je ne te retiens plus, va, sers la tyrannie ; / Abandonne ton âme à son lâche génie ». Dès sa première tirade, au début de l'acte II, Auguste évoque avec mépris « D'un courtisan flatteur la présence importune » (acte II, scène 1, vers 362). Il y a plus grave : une fois éteint par l'esclavage, l'amour de la liberté ne peut revenir. C'est ce que suggère le monologue désespéré de Maxime à la fin de l'acte IV. Au lieu d'assumer sa trahison, ou de s'en repentir, Maxime s'en prend à l'affranchi Euphorbe, qui la lui a conseillée : « Jamais un affranchi n'est qu'un esclave infâme ; / Bien qu'il change d'état [de condition], il ne change point d'âme ; / La tienne, encor servile, avec la liberté / N'a pu prendre un rayon de générosité » (acte IV, scène 6, vers 1409-1412). Ces conclusions s'étendent à Rome tout entière : il est vain de tenter de l'affranchir en abattant le monarque. La liberté républicaine, une fois disparue, ne se retrouve jamais. En effet, cette liberté était liée à la valeur d'aristocrates fiers de leur lignée, « les Cosses, les Métels, les Pauls, les Fabiens » (acte V, scène 1, vers 1536), membres de grandes familles patriciennes, fières de promener aux funérailles les « images » de leurs ancêtres : le mot « images » apparaît du reste deux vers plus loin, en relation avec le « sang » aristocratique (voir « Sang et purification », p. 188). À quoi tient cette dégradation de l'aristocratie républicaine en oligarchie de courtisans serviles ? À l'absence du peuple, on l'a vu ; au « peu de mérite » de patriciens qui ne sont que des héritiers : c'est le cas de Cinna, qui se vante à toute occasion d'être descendant du grand Pompée, mais qui n'a jamais commandé devant l'ennemi. La troisième cause, la plus grave aux yeux d'un dramaturge nourri d'histoire latine, c'est la confusion entre le public et le privé. Le sujet même de la pièce montre que la vengeance privée d'Émilie et la libération de sa patrie se confondent dans son esprit. Elle veut faire publier « La liberté de Rome est l'œuvre d'Émilie » (acte I, scène 2, vers 110) ; mais cette gloire est liée à son amour pour Cinna dont elle a besoin pour venger la mort de son père. Le Cid passait de l'intérêt privé d'une vengeance à l'intérêt de l'État tout entier : Chimène veut venger la mort de son père tué par Rodrigue ; la victoire de celui-ci dans le combat contre les Maures l'élève au-dessus des exigences d'une vengeance privée. Émilie veut elle aussi venger la mort de Toranius, exécuté sur ordre d'Auguste ; mais le spectateur ne voit pas Toranius, ne sait rien de lui, et c'est Auguste qui sert de père à Émilie, jusqu'au moment où il s'écrie : « Et toi, ma fille aussi ! » Le désir de liberté publique apparaît donc comme réductible à la révolte privée d'un adolescent contre son père, fils reconnaissant à l'égard d'Auguste, comme cela apparaît clairement à l'acte III, Cinna prend ainsi des leçons d'ingratitude auprès d'Émilie, qui lui apprend à ne pas reconnaître les bienfaits reçus de lui. Émilie va jusqu'à employer les dons qu'Auguste lui fait pour acheter « contre lui les esprits des Romains » (acte I, scène 2, vers 80). La corruption, par l'amour, par l'argent ou par le pouvoir, apparaît comme légitime contre « la tyrannie ».

L'histoire romaine est mise au service d'un éloge de la monarchie, telle que pouvait la concevoir un bourgeois du temps de Louis XIII, avide de paix civile après les guerres de religion et les révoltes féodales des « grands » du royaume dressés contre Richelieu. Le véritable Auguste a toujours été très prudent, conservant à sa monarchie une façade républicaine. Lorsque Auguste offrira un sacrifice au Capitole (acte I, scène 3, vers 230), ce sera devant le temple de Jupiter « tonnant », roi des dieux ; Cinna doit lui présenter la coupe et l'encens en qualité de flamine majeur, c'est-à-dire en tant que prêtre de Jupiter. Dans sa traduction de Sénèque, Montaigne parle du « sacerdoce » octroyé par Auguste à Cinna. Auguste lui-même a été grand pontife, chef religieux des Romains. Un sujet de Louis XIII avait tôt fait d'assimiler l'encens à la flatterie destinée aux rois, voire à un hommage à Dieu. L'exécution du monarque, par surcroît grand pontife, prend alors la valeur d'un sacrilège. Sous la dénonciation républicaine du « tyran » se dessine l'immolation d'un roi de droit divin. Le thème du sacrifice s'épanouira dans *Polyeucte* : le héros de cette tragédie est sommé de donner son sang ou de l'encens aux dieux païens. Il choisit de donner son sang et de subir le martyre.

L'Histoire « tragique » (« tragiques histoires » du vers 194 et « tragique histoire » de Maxime au vers 1114) apparaît comme liée au cycle infernal de la vengeance et de l'expiation. Qui a tué doit mourir à son tour, en suscitant un vengeur. Cette conception cyclique de l'Histoire s'autorise de la chronique des guerres civiles : le second triumvirat (en 43) semble répéter le premier (en 60). Sylla a exercé un pouvoir absolu avant César, puis le fils adoptif de César, Octave Auguste, a fait de même. Jules César a combattu Pompée, Octave a combattu Antoine. Jules César a été assassiné par son fils adoptif Brutus, pourquoi Auguste ne le serait-il pas par Cinna ? La clémence d'Auguste est ce qui permet d'arrêter le cours de l'Histoire et de fonder un nouvel âge d'or prophétisé par Livie à la fin de la pièce.

Sang et purification

Le sang est un thème récurrent dans la tragédie héroïque : être un héros, c'est se souvenir qu'on est du même sang que ses ancêtres. Nourri de culture latine, Corneille sait que toute famille patricienne a ses *imagines*, les portraits d'ancêtres que l'on promène dans les cortèges de funérailles.

Les spectateurs du XVIIe siècle identifient spontanément cette aristocratie romaine à la noblesse au service du roi : les conspirations successives regroupent « tout ce que Rome a d'illustre jeunesse », rappelle Auguste dans son monologue (acte IV, scène 2, vers 1173). L'empereur précise avec mépris devant Cinna démasqué, au début de l'acte V : « Mais oses-tu penser que les Serviliens, / Les Cosses, les Métels, les Pauls, les Fabiens, / Et tant d'autres enfin de qui les grands courages / Des héros de leur sang sont les vives images, / Quittent le noble orgueil d'un sang si généreux / Jusqu'à pouvoir souffrir que tu règnes sur eux ? » Passion de la liberté, conscience de l'histoire et orgueil aristocratique ne font qu'un : l'orgueil du « sang » noble trouve son origine dans la mémoire des services rendus à Rome par les magistrats que ces aristocrates comptent parmi leurs ancêtres. Ainsi, au temps des guerres contre les Carthaginois*, Fabius Cunctator (l'un des « Fabiens ») a mené une guérilla un temps victorieuse contre Hannibal. Un épisode célèbre de l'histoire romaine montre comment, au cours des guerres contre Veies, cité étrusque, 306 membres de la famille Fabius formèrent une armée privée pour combattre l'ennemi, et se firent tuer jusqu'au dernier. Dans *le Cid*, le système féodal illustre ce passage du privé au public, grâce à la puissance d'un clan fier de son sang noble. Au moment de combattre les Maures, Rodrigue trouve à sa disposition cinq cents de ses « amis », liés à ce que l'on

pourrait appeler le clan de don Diègue. Il est du reste révéla-
teur que Corneille ne distingue pas entre les noms de clans
(« gentes » en latin), comme Fabiens, Serviliens, et les « sur-
noms » (latin *cognomen*) qui sont l'équivalent de nos noms
de famille : les Métels (Metelli) sont une branche du clan des
Caecilii (gens Caecilia) ; les Pauls appartiennent au clan des
Aemilii (gens Aemilia) ; le plus célèbre est Paul Émile, vainqueur du riche roi de Macédoine, Persée.
Ces nobles offrent aux contemporains de Corneille un exemple
de fierté aristocratique, de « générosité » fondée sur la vivacité
du sang. L'exaltation du « généreux sang » est fondée sur la
conviction que bon sang ne peut mentir. Le sang noble est celui
qui se prodigue dans les guerres extérieures, mais aussi dans
l'affrontement entre clans rivaux et dans le duel même.
L'affrontement entre Auguste et Cinna tourne parfois au duel
aristocratique : en une image baroque*, Auguste s'enjoint à
lui-même d'éteindre le « flambeau » de sa vie « dans le sang de
l'ingrat » Cinna (acte IV, scène 2, vers 1180). Meurtrier du
tyran, Cinna montrera qu'il est « du sang du grand Pompée »
(acte I, scène 3, vers 238). Le sang des combattants de la
liberté s'oppose ainsi aux lâches flatteries de ceux qui offrent
de l'«encens » au tyran divinisé. L'antithèse* est fréquente chez
Corneille : dans la tragédie suivante, *Polyeucte*, le gouverneur
d'Arménie somme son gendre Polyeucte de donner aux dieux
païens son « sang ou de l'encens ». L'encens corrompt ; le
sang, au contraire, a valeur purificatrice. Don Diègue disait
déjà à Rodrigue, dans *le Cid* : « Ce n'est que dans le sang
qu'on lave un tel outrage ». Profondément humilié par une trahison qu'Émilie ne récompense pas en s'enfuyant avec lui,
Maxime rejette toute la responsabilité de son acte sur
l'« esclave infâme » qu'est Euphorbe. Pour se purifier, il envisage un double crime : le meurtre d'Euphorbe, et le suicide.
Évoquant les deux amants (amoureux) Émilie et Cinna, dont le
bonheur le navre, il conclut, à l'adresse d'Euphorbe : « Mon
sang leur servira d'assez pure victime, / Si dans le tien mon
bras, justement irrité, / Peut laver le forfait de t'avoir écouté »
(acte IV, scène 6, vers 1422-1424).

Tuer et mourir : ce fantasme est aussi celui d'Émilie quand elle voit Cinna hésiter à tuer Auguste : « Viens me voir, dans son sang et dans le mien baignée, / De ma seule vertu mourir accompagnée » (acte III, scène 4, vers 1041-1042). Et Cinna réplique en évoquant la même hypothèse : « Vous me faites répandre un sang pour qui je dois / Exposer tout le mien et mille et mille fois » (acte III, scène 4, vers 1059-1060). Pour se laver de cette trahison, Cinna se purifiera en s'immolant lui-même après avoir immolé Auguste. L'enchaînement du meurtre et du suicide est donc le même pour Maxime, Émilie et Cinna. Il montre que le sang versé ne fonde aucune légitimité : d'un côté, les guerres civiles sèment la terreur, en assimilant le souverain à un chef de clan ; de l'autre, les aristocrates opprimés réagissent par des actes terroristes, notamment l'assassinat du souverain au cours d'un sacrifice. Le sang versé baigne un univers contre nature : « Songe aux fleuves de sang où ton bras s'est baigné », s'écrie Auguste dès le début de son monologue (acte IV, scène 2, vers 1132). Le sang revient de manière obsédante dans cette méditation angoissée sur la mort – celle d'Auguste tout comme celle des autres. La cruauté d'Octave Auguste appelle un meurtre purificateur. Cinna se veut le prêtre d'un sacrifice dont l'empereur sera la victime. Mais ce sacrifice est lui-même impur : Cinna ne dispose pas plus du droit d'abattre Auguste qu'Octave n'était autorisé à massacrer les habitants de Pérouse et à tuer son tuteur Toranius, le père d'Émilie. Le mouvement de la tragédie va donc vers une double dénonciation : celle du meurtrier couronné, celle du conspirateur innocenté. L'éloquente diatribe de Cinna contre Octave Auguste (acte I, scène 3) a pour répondant la *passion*, c'est-à-dire la souffrance aiguë, l'expiation d'Auguste redevenu Octave dans le monologue de l'acte IV : « Rentre en toi-même, Octave, et cesse de te plaindre » (acte IV, scène 2, vers 1130). Certes, Auguste n'entend pas le discours de Cinna aux conjurés. Mais son monologue s'accorde exactement avec les tableaux sanglants présentés par Cinna dans ce discours : « Le fils tout dégouttant du meurtre de son père, / Et sa tête à la main demandant son salaire ». Rien ne peut effacer une telle horreur. Mais la dénonciation de l'acte I n'est pas entièrement convaincante, même si elle est fondée sur des événements réels. En effet, Cinna ne s'adresse pas directement aux conjurés, il joue la scène, en y ajoutant des didascalies* pour se faire valoir : il voit « leur front pâlir d'horreur et rougir de colère ». Quand Cinna parle des « degrés sanglants » qui mènent Auguste au trône, il le voue, littéralement, aux gémonies, l'escalier sur lequel on exposait les condamnés, au pied du Capitole. Dans son monologue, Auguste accepte l'expiation, qui devient purification par l'épreuve : « Rends un sang infidèle à l'infidélité » (acte IV, scène 2, vers 1147). Le Ciel « autorise » c'est-à-dire justifie la trahison de Cinna. Dans ce premier mouvement de son monologue, Auguste a une conscience plus aiguë de l'horreur des guerres civiles que Cinna, chef de conspiration trop soucieux d'effets oratoires dans lesquels il n'est pas si aisé de voir la part de l'indignation et celle du désir de séduire Émilie par des discours enflammés. Le spectateur est donc amené à s'identifier d'abord avec Cinna, puis avec Auguste : au début de la pièce, Cinna n'est que bonne conscience ; il est là pour faire expier ses crimes à Auguste, et tous l'approuvent et craignent pour sa vie menacée par un abominable tyran. À partir de l'acte III, et surtout dans les deux derniers actes, nous nous identifions à Auguste. Cinna communique au spectateur une émotion de type romanesque, fondée sur le souvenir de l'Histoire et la chaleur de l'indignation. Mais cette histoire est figée en fantasme de mort, muée en « bain de sang ». À l'acte IV, Auguste redevenu Octave revit ce fantasme d'une histoire immobile et s'en débarrasse ; ce faisant, il nous en débarrasse également. Deux figures de l'Histoire s'opposent donc dans cette intrigue construite sur des proscriptions, c'est-à-dire de sauvages exécutions au nom de la terreur d'État : la prescription au sens juridique du terme, autrement dit l'absolution politique des crimes commis dans le passé (« Tous ces crimes d'État qu'on fait pour la couronne, / Le Ciel nous en absout alors qu'il nous la donne » (acte V, scène 2, vers 1609-1610) et le retour sur ce passé douloureux, condition du pardon et de l'amendement du souverain jusque-là criminel. Auguste doit traverser des « fleuves de sang » pour vivre la clémence dans une sorte de Pâques ; il doit mourir à lui-même pour ressusciter en « vrai monarque » (acte V, scène 3, vers 1266).

Correspondances

- D'Aubigné, *Les Tragiques*, Livre I, *Misères*, vers 127-130.
- Corneille, *le Cid*, Acte II, scène 8, vers 674-692.

—1————————————————————

Guerre civile, sang versé, appel à la vengeance sont liés dans l'univers baroque, contemporain des guerres de Religion.
En 1616, d'Aubigné représente la France comme une « mère affligée » dont les enfants (catholiques et protestants) s'entre-déchirent dans ses bras. Elle les maudit alors en ces termes :

« Vous avez, félons, ensanglanté
Le sein qui vous nourrit et qui vous a porté ;
Or vivez de venin, sanglante géniture,
Je n'ai plus que du sang pour votre nourriture. »

D'Aubigné, *Les Tragiques*, Livre I, *Misères*, vers 127-130.

Dans *le Cid* (1637) Chimène supplie le roi de venger la mort de son père, tué en duel par Rodrigue :

« Je vous l'ai déjà dit, je l'ai trouvé sans vie ;
Son flanc était ouvert ; et, pour mieux m'émouvoir,
Son sang sur la poussière écrivait mon devoir ;
Ou plutôt sa valeur en cet état réduite
Me parlait par sa plaie, et hâtait ma poursuite ;
Et, pour se faire entendre au plus juste des rois,
Par cette triste bouche elle empruntait ma voix.
Sire, ne souffrez pas que sous votre puissance

Règne devant vos yeux une telle licence ;
Que les plus valeureux, avec impunité,
Soient exposés aux coups de la témérité ;
Qu'un jeune audacieux triomphe de leur gloire,
Se baigne dans leur sang, et brave leur mémoire.
Un si vaillant guerrier qu'on vient de vous ravir
Éteint, s'il n'est vengé, l'ardeur de vous servir.
Enfin, mon père est mort, j'en demande vengeance,
Plus pour votre intérêt que pour mon allégeance.
Vous perdez en la mort d'un homme de son rang :
Vengez-la par une autre, et le sang par le sang. »

Le Cid, acte II, scène 8, vers 674-692.

Les femmes dans *Cinna*

Quand on consulte la liste des personnages, on s'aperçoit que
les femmes ne sont que trois, classées par ordre d'importance
sociale : d'abord vient Livie, l'impératrice, puis Émilie, la fille
de Toranius, tuteur d'Auguste proscrit par celui-ci, enfin
Fulvie, la confidente d'Émilie. Comme le regard actuel posé
sur la pièce la définit plutôt comme tragédie politique, on peut
penser que les femmes y jouent un rôle mineur. De fait, Livie
n'apparaît qu'à la scène 3 de l'acte III et les confidentes*,
comme souvent dans les tragédies classiques, n'ont qu'une
place secondaire. Mais deux remarques viennent contredire
cette idée : la première est qu'Émilie « ouvre » la pièce par un
monologue et que Livie « ferme » le cinquième acte par une
vision prophétique du futur ; la seconde est qu'Émilie est très
souvent en scène, active et combattante : quatre scènes sur
quatre à l'acte I ; deux scènes sur cinq à l'acte III ; deux scènes
sur six à l'acte IV et enfin deux scènes sur trois à l'acte V. Seul
l'acte II ne la voit pas paraître ; elle est cependant présente
dans le dialogue entre Maxime et Cinna :

MAXIME
« Donc pour vous Émilie est un objet de haine ?

193

CINNA

La recevoir de lui me serait une gêne. »

Acte II, scène 2, vers 693-694.

Émilie lance l'exposition* par un monologue qui n'a rien d'hésitant, même si elle prend en compte et nous annonce en même temps l'amour qu'elle éprouve envers Cinna. Ce premier monologue d'Émilie, plein de haine, de ressentiment et de colère nous place au cœur de l'action et suscite les périls dramatiques. Elle veut venger son père, tuer Auguste et associer Cinna à ce meurtre pour l'aimer plus encore :

ÉMILIE

« Cessez, vaines frayeurs, cessez, lâches tendresses,
De jeter dans mon cœur vos indignes faiblesses,
Et toi qui les produis par tes soins superflus,
Amour, sers mon devoir, et ne le combats plus :
Lui céder, c'est ta gloire, et le vaincre, ta honte... »

Acte I, scène 1, vers 45-49.

La mort ne fait pas peur à Émilie ; ce qui la caractérise, c'est sa détermination, sa constance. Quand Fulvie, sa confidente, essaie de tempérer son ardeur meurtrière, Émilie lui rappelle que son amour est lié à l'acte de Cinna ; quand elle le retrouve après la délibération avec Auguste, elle l'exhorte à poursuivre sa vengeance en tuant l'empereur et lorsqu'il se montre partagé entre son amour pour elle et sa reconnaissance à l'égard de l'empereur, elle lui fait connaître son mépris :

ÉMILIE

« Je ne te parle plus, va, sers la tyrannie ;
Abandonne ton âme à son lâche génie. »

Acte III, scène 4, vers 1013-1014.

Émilie met beaucoup de temps à comprendre Maxime quand il lui propose de « remplacer » Cinna qu'elle ne trahira jamais même s'il déçoit ses espérances. Émilie est une femme énergique qui cumule les fonctions dramatiques : elle s'oppose à Auguste par sa haine farouche en même temps qu'elle aide Cinna à le combattre. Elle représente pour Cinna le bien suprême qu'il doit obtenir par le meurtre alors même qu'ils se connaissent et s'aiment depuis quatre ans. Elle a soif de pouvoir, non pas d'un pouvoir socialisé, visible, mais d'un pouvoir secret qui fascine comme celui d'une sorcière envoûtante et dangereuse : c'est ce qui est suggéré dans la première scène de la pièce.

À l'inverse, Corneille nous présente Livie comme une femme civilisée, femme d'empereur qui apparaît d'abord comme un personnage secondaire : personne ne parle d'elle avant qu'elle entre en scène. Il n'en est pas besoin puisqu'elle existe dans l'Histoire ; Émilie, en revanche, est une création de Corneille qui doit la construire de toutes pièces et la rendre à la fois vraisemblable et touchante.

Livie semble n'être là au début de l'acte IV, scène 3, que pour jouer le rôle de confidente d'Auguste, totalement désemparé par la trahison de Cinna. Mais bientôt elle s'exprime fermement, argumente et propose une solution politique à Auguste : la clémence, solution qu'Auguste repousse avec un certain dédain :

AUGUSTE

« Vous m'aviez bien promis des conseils d'une femme :
Vous me tenez parole et c'en sont là, Madame. »

Acte IV, scène 3, vers 1245-1246.

Après son refus et son départ, Livie persévère dans sa voie politique. La scène 2 de l'acte V nous montre Émilie face à Livie, chacune essayant de convaincre l'autre. Toutefois, malgré leurs natures opposées, elles ne sont pas ennemies mais plutôt liées l'une à l'autre par une affection quasi filiale, puisque Émilie confie à Livie sa trahison, comme nous le laissent supposer les vers suivants :

LIVIE

« Vous ne connaissez pas encor tous les complices :
Votre Émilie en est, Seigneur, et la voici. »

Acte V, scène 2, vers 1562-1563.

Il faut attendre la dernière scène pour comprendre que le retour sur soi fait par Auguste (et inspiré par Livie) produit sur ses ennemis une sorte de conversion, notamment sur Émilie :

ÉMILIE

« Et je me rends, Seigneur, à ces hautes bontés ;
Je recouvre la vue auprès de leurs clartés. »

Acte V, scène 3, vers 1715-1716.

Alors, Livie peut voir l'avenir de Rome et d'Auguste sous le meilleur jour (vers 1753 à 1774). Elle prophétise, conformément à l'esprit de l'époque, l'arrivée d'un nouvel âge d'or.

La présence et le caractère d'Émilie et de Livie jouent un rôle important mais non pas déterminant dans la pièce. Si Cinna n'était pas faible au point de ne savoir choisir entre Émilie et Auguste, si Maxime n'était pas un double de Cinna, l'action prendrait un autre tour. La personnalité d'Auguste se libère peu à peu de ses anciens crimes pour envisager une autre façon d'assurer son pouvoir. Sa descente aux enfers, suivie d'une remontée encouragée par Livie, permet à l'intrigue de se dénouer.

Car ces deux femmes sont aussi et avant tout sensibles et aimantes : Émilie veut associer Cinna à son meurtre, elle veut faire de lui le chef de la conjuration pour qu'il devienne un héros et que leur amour grandisse, fortifié par cet acte. Émilie propose à Cinna une sorte de parricide ; il accepte ce projet audacieux, mais l'enthousiasme qu'il manifeste à l'acte I devant Émilie a quelque chose de théâtral ; sa détermination n'est pas sans failles. Au contraire, la détermination d'Émilie ne faiblit pas mais s'inverse au moment où elle comprend la transfiguration d'Auguste : elle se soumet à lui avec autant d'âme qu'elle cherchait à le perdre. On entrevoit à l'arrière-plan l'idée de conversion chrétienne. Quant à Livie, elle affirme, avant le départ d'Auguste : « J'aime votre personne, et non votre fortune » (acte IV, scène 3, vers 1262), nous faisant ainsi comprendre que ses réflexions politiques lui sont dictées non par la ruse mais par la passion.

L'aspect brûlant de la pièce émane du personnage d'Émilie et c'est sans doute ce qui plut d'abord aux spectateurs du XVIIᵉ siècle. Sa jeunesse nous séduit encore ainsi que la part d'inconnu qu'elle garde en elle : pourquoi aime-t-elle Cinna ? A-t-elle aimé son père Toranius ou n'agit-elle que par piété filiale ? Autant de zones d'ombre que la mise en scène peut éclairer d'une façon ou d'une autre. Entre ces deux femmes, Fulvie joue le rôle traditionnel de la confidente prudente et raisonnable. Notons que c'est le seul rôle secondaire qui ne soit pas confié à un affranchi et que ce rôle est le plus développé des personnages secondaires. Même si elle ne crée pas de rebondissement, elle est présente dans de nombreuses scènes (neuf en tout) ; silencieuse, comme le spectateur, elle juge et commente ensuite les événements, seule avec Émilie.

Correspondance

D'autres femmes, dans l'œuvre de Corneille ont aussi une volonté inébranlable comme celle d'Émilie dans cette tragédie ; on peut citer Chimène dans *le Cid*, dont la situation est en quelque sorte l'inverse de celle d'Émilie, ou encore Camille dans *Horace*, dont l'amour dépasse l'engagement politique et qui meurt de ne pas avoir voulu se plier aux engagements de Rome. Dans une tragédie antérieure à *Cinna*, Corneille, inspiré par Sénèque, met en scène *Médée* (1635) ; comme Émilie, mais pour des motifs différents, Médée est ivre de vengeance :

« Et vous, troupe savante en noires barbaries,
Filles de l'Achéron, pestes, larves, furies,

Fières sœurs, si jamais notre commerce étroit
Sur vous et vos serpents me donna quelque droit,
Sortez de vos cachots avec les mêmes flammes
Et les mêmes tourments dont vous gênez les âmes ;
Laissez-les quelque temps reposer dans leurs fers,
Pour mieux agir pour moi faites trêve aux enfers,
Apportez du fond des antres de Mégère
La mort de ma rivale et celle de son père
Et si vous ne voulez mal servir mon courroux,
Quelque chose de pis pour mon perfide époux :
Qu'il coure vagabond de province en province,
Qu'il fasse lâchement la cour à chaque prince,
Banni de tous côtés, sans bien et sans appui,
Accablé de frayeur, de misère d'ennui,
Qu'à ses plus grands malheurs aucun ne compatisse,
Qu'il ait regret à moi pour son dernier supplice
Et que mon souvenir jusque dans le tombeau
Attache à son esprit un éternel bourreau. »

Acte I, scène 4, vers 209-228.

La vengeance personnelle s'accompagne donc d'un souhait
de vengeance politique, comme dans *Cinna*.

Les monologues dans *Cinna*

Ils sont au nombre de quatre : Corneille n'a pas éprouvé le
besoin d'en placer un par acte, et s'ils sont longs – Corneille
se le reproche lui-même dans l'Examen de la pièce –, ils n'ont
pas ennuyé les spectateurs de son époque. Comme le personnage qui monologue n'a pas d'interlocuteur sur scène, l'effi-
cacité de son discours dépend de l'inscription de son texte
dans l'action dramatique.
Les monologues sont interprétés par trois personnages principaux : Auguste, Cinna, Émilie et par un personnage double
de Cinna : Maxime. Nous étudierons d'abord leur place
dans la pièce, leur nature et leur style, et enfin leur fonction
dans la conduite de l'action dramatique.

La pièce débute par le monologue d'Émilie, ce qui peut paraître hardi car un seul personnage doit à la fois se présenter, dire dans quel état il se trouve, ce qu'il souhaite et exposer l'action. La tragédie commence donc par un cri de haine et de colère, suivi, plus tard, d'une confession amoureuse : « J'aime encore plus Cinna que je ne hais Auguste » (vers 18). Émilie s'exhorte à éviter toute faiblesse et donne en même temps à la tragédie un mouvement très vif. L'acte II ne comporte aucun monologue mais les tirades d'Auguste face à Cinna et à Maxime, qu'il considère encore comme ses confidents, peuvent faire penser à des monologues délibératifs, comme si ces deux « amis » constituaient la partie raisonnable de son esprit. À l'acte III, c'est Cinna qui s'exprime, seul, à la scène 3 : comme Rodrigue dans *le Cid*, il est en proie à deux aspirations opposées. Ce monologue, dit par le personnage éponyme* de la pièce, se situe au milieu de l'acte III, acte central et cœur de la tragédie. Cette scène est le type même du « monologue à hésitations », expression lyrique des sentiments, selon la formule de Jacques Schérer ; c'est pourquoi on peut la considérer comme un temps faible, car l'action y est quasiment suspendue. À l'acte IV, Auguste ayant appris la trahison, laisse aussitôt éclater sa douleur et sa déception (scène 2). L'acte IV s'achève sur une autre douleur : celle de Maxime qui, peu à peu, perd sa consistance ; en même temps, on peut croire que ce dernier monologue, plein de honte et de confusion, signe la condamnation de tous les conjurés. L'acte V ne comporte aucun monologue puisque l'action doit se dénouer mais on peut considérer la prophétie de Livie comme une sorte de parole indépendante du dialogue, de projection vers l'avenir ; cette pièce se termine sur l'utopie d'un nouvel âge d'or.

La nature des monologues est très variée : le premier, celui d'Émilie, est une exhortation à la vengeance, lancée par et pour elle-même avec toute la force et la puissance d'un être jeune. Trois mouvements de va-et-vient le composent : l'allégorie de la vengeance qui anime la jeune femme puis le retour lyrique vers le souvenir de son amour et à nouveau l'allégorie : l'adresse à l'Amour lui-même pour qu'il cesse de combattre la nécessité de tuer Auguste. Les sentiments, les mouvements d'humeur sont personnifiés, exacerbés par l'utilisation systématique du pluriel ; c'est la violence qui caractérise ce premier monologue au contraire du monologue de Cinna (acte III, scène 3) qui n'est que déploration lyrique. Cinna s'apitoie sur son sort : « Qu'une âme généreuse a de peine à faillir » (vers 875). Cinna est en pleine confusion, partagé entre sa reconnaissance à l'égard d'Auguste et son amour pour Émilie. Leur amour dure depuis quatre ans mais Cinna prend seulement conscience de l'exigence d'Émilie. Elle veut faire de lui un héros et pour cela exerce un pouvoir absolu :

CINNA

« C'est à vous, Émilie, à lui donner sa grâce ;
Vos seules volontés président à son sort
Et tiennent en mes mains et sa vie et sa mort. »

Acte III, scène 3, vers 898-900.

Ce que Cinna nomme « faiblesse » au début du monologue n'a plus le même sens à la fin : la faiblesse devant son père adoptif devient faiblesse face à « cette aimable inhumaine ». Le champ lexical laisse entendre que Cinna n'est pas prêt à commettre l'acte qu'Émilie lui impose.

Le monologue d'Auguste est aussi un lamento, ce qui le rapproche de Cinna. Il déplore la fuite de ses amis causée par l'exercice du pouvoir, mais ensuite c'est le thème du sang, de la barbarie qu'il développe : son pouvoir n'a-t-il pas été acquis par le crime ? Mais, est-ce une raison pour pardonner ? Les nombreuses anaphores* du verbe « meurs » montrent qu'Auguste est las de se poser les mêmes questions. La soumission passive au destin n'efface pas le sang versé et c'est un empereur plein de désarroi que Livie vient conseiller et rassurer à la scène 3 de l'acte IV.

À la fin de l'acte qu'il clôt comme un signe négatif, Maxime énumère, dans un réquisitoire contre lui-même, toutes ses trahisons et se reproche la collusion avec un affranchi. Lui aussi parle de mort comme si celle-ci effacerait ses crimes. Maxime a trahi son protecteur (Auguste), son frère d'armes (Cinna) et celle qu'il aimait (Émilie). Que peut-il attendre de l'avenir ? Cette descente aux enfers semble devoir le conduire vers une mort inéluctable. C'est pourquoi son apparition à la dernière scène est un coup de théâtre* qui change l'envergure du personnage.

Peut-on dire que les monologues fassent avancer l'action de la pièce ? Seul le premier, celui d'Émilie, est actif : la part de recul et d'hésitations est bien faible en regard de son énergie à mobiliser Cinna et d'autres pour venger la mort de son père. On peut considérer que si ce projet n'aboutit pas c'est à cause du caractère des autres personnages principaux : Cinna, par exemple, montre son attachement à Auguste :

CINNA

« Les douceurs de l'amour, celles de la vengeance,
La gloire d'affranchir le lieu de ma naissance,
N'ont point assez d'appas pour flatter ma raison,
S'il les faut acquérir par une trahison... »

Acte III, scène 3, vers 877-880.

L'action progresse mais dans le sens de l'échec : le caractère de Cinna constitue un obstacle aux vœux d'Émilie ; de même, le monologue d'Auguste, plein de remords pour ses crimes, montre un empereur humain quoique autrefois tyrannique. Le pardon, envisagé comme amnistie, est évoqué dans son monologue pour être aussitôt repoussé :

AUGUSTE

« Non, non, je me trahis moi-même d'y penser :
Qui pardonne aisément invite à l'offenser. »

Acte IV, scène 2, vers 1159-1160.

Mais c'est un premier assaut contre la dureté et l'aspect impitoyable de son règne qui sera suivi d'un deuxième de la part de Livie. L'action chemine intérieurement, même si, extérieurement, Auguste semble repousser la clémence. Quelle clémence peut-on accorder à un personnage comme Maxime, un être qui trahit et se trahit ? Là encore l'action semble stagner mais la conversion d'Auguste sera d'autant plus éclatante qu'il lèvera tous les obstacles et pardonnera à tous, même au pire de tous.

L'action de *Cinna* et le succès de la pièce tiennent en grande partie à cette évolution intérieure des personnages qui les pousse vers le bien alors que le crime semblait inévitable.

Correspondance

Dans *le Cid*, autre pièce de Corneille (1637), on retrouve également plusieurs types de monologues ; si les stances de Rodrigue (acte I, scène 6) peuvent être considérées comme un monologue délibératif, le monologue de Don Diègue, son père, ressemble à un lamento : ce vieil homme, offensé, a perdu son honneur :

« Ô rage ! Ô désespoir ! Ô vieillesse ennemie !
N'ai-je donc tant vécu que pour cette infamie ?
Et ne suis-je blanchi dans les travaux guerriers
Que pour voir en un jour flétrir tant de lauriers ?
Mon bras qu'avec respect toute l'Espagne admire,
Mon bras, qui tant de fois a sauvé cet empire,
Tant de fois affermi le trône de son roi,
Trahit donc ma querelle, et ne fait rien pour moi ?
Ô cruel souvenir de ma gloire passée !
Œuvre de tant de jours en un jour effacée !
Nouvelle dignité, fatale à mon bonheur !
Précipice élevé d'où tombe mon honneur !
Faut-il de votre éclat voir triompher le comte,
Et mourir sans vengeance, ou vivre dans la honte ?
Comte, sois de mon prince à présent gouverneur :
Ce haut rang n'admet point un homme sans honneur ;

Et ton jaloux orgueil, par cet affront insigne,
Malgré le choix du Roi, m'en a su rendre indigne.
Et toi, de mes exploits glorieux instrument,
Mais d'un corps tout de glace inutile ornement,
Fer, jadis tant à craindre et qui, dans cette offense,
M'a servi de parade, et non pas de défense,
Va, quitte désormais le dernier des humains,
Passe, pour me venger, en de meilleures mains. »

Acte I, scène 4, vers 237-260.

L'offensé, comme le traître, envisage la mort, car dans l'œuvre de Corneille qui perd l'honneur doit perdre la vie.

Jugements critiques

« Ce qu'il y a d'étrange, c'est que les routiniers prétendent appuyer leur règle des deux unités sur la vraisemblance*, tandis que c'est précisément le réel qui la tue. Quoi de plus invraisemblable et de plus absurde en effet que ce vestibule, ce péristyle, cette antichambre, lieu banal où nos tragédies ont la complaisance de venir se dérouler, où arrivent, on ne sait comment, les conspirateurs pour déclamer contre le tyran, le tyran pour déclamer contre les conspirateurs […] Nous ne voyons en quelque sorte sur le théâtre que les coudes de l'action ; ses mains sont ailleurs. Au lieu de scènes, nous avons des récits ; au lieu de tableaux, des descriptions. »

Hugo, *Préface de Cromwell* (1827), édition d'Annie Ubersfeld, GF Flammarion, 1968, pp. 81-82.

À la fin du second Empire, Sarcey est bien placé pour apprécier dans l'attitude d'Auguste jusqu'à l'acte V une atmosphère de « fin de règne » :

« Corneille était de cette génération qui a produit les de Retz, les La Rochefoucauld, les Condé, tous ces personnages qui, ayant vécu dans un temps très agité, ont connu et démêlé les plus secrets ressorts de la politique. Plus on relit ces gens-là, plus on est étonné de la connaissance profonde qu'ils avaient emportée de l'homme politique et moral.
Si Corneille a saisi et rendu avec bonheur les petits côtés de la tyrannie, il a aussi jeté un regard profond sur l'ennui de ces tout-puissants souverains, qui ne trouvent plus, dans le spectacle du monde, qu'ils ont avili, qu'un sujet de mélancolique dédain. Il est entré plus avant que personne dans ces âmes hautaines, et en a sondé la désolation. »

Francisque Sarcey, *Feuilleton dramatique du* Temps, 14 septembre 1868.

« Auguste n'est pas Richelieu. Mais Corneille a médité sur les grandeurs et les servitudes de la dictature. Il a vu, et il a osé dire, tout ce que tant de puissance peut dissimuler d'injustice, de violences, de crimes sanglants. Sources impures d'une autorité qui cherche ensuite à se justifier par son œuvre bienfaisante, par l'ordre, par la paix, par la justice qu'elle fait régner. Il ne prétend pas juger. Il met dans le plus fort relief à la fois ces crimes et cette justification. Il pénètre, en grand artiste, dans les secrets d'un homme d'État puissant et solitaire. Il décrit la mélancolie d'un homme qui ne saura jamais s'il est aimé, et que sa puissance même a séparé de ses semblables. D'un homme sur qui pèse le souvenir d'un effroyable passé, et qui constate chaque jour que ce passé ne s'efface pas et que sa puissance reste empoisonnée en sa source. Cet homme n'est pas un roi légitime, établi par Dieu pour être le père de son peuple. Il est parvenu au pouvoir grâce à des talents exceptionnels. Il y accomplit maintenant une besogne admirable. Mais trop de crimes ont jalonné sa route, trop de sévérités lui ont permis de garder sa puissance. »

Antoine Adam, *Histoire de la littérature française au XVIIe siècle*, Del Duca, 1954, p. 530-531.

« Dès son entrée en scène, l'empereur Auguste nous interdit de situer son action sur le plan du réalisme politique. On ne sait quelle inquiétude étrangère au bien de l'État égare le souverain. Son âme irrésolue le presse de remettre le pouvoir. Il n'est plus ce monarque sûr de lui, prompt à gouverner et à punir. Il aspire au repos, parle déjà le langage de Polyeucte : [...] *Pour ma tranquillité mon cœur en vain soupire*. Il ne semble plus faire corps avec ses actes ; une rupture s'est faite de lui à sa fortune, de ce qu'il désire à ce qu'il possède. Un discrédit atteint "cette grandeur sans bornes", "ces beautés dont l'éclat éblouit" ; elles n'ont plus la première place dans le cœur d'Auguste ; elles ne sont pas son vœu le plus profond. [...] On voit dans quelle confusion se débat l'empereur. Pour lui, il s'agit de passer de la volonté de puissance, tournée vers la conquête de l'univers, à la volonté d'être, tournée vers le monde de l'esprit, ce qui suppose la renonciation à la puissance en tant que force. Auguste aperçoit mal la difficulté : il parle bien de renoncer à l'empire, condition nécessaire à l'entrée dans ce monde nouveau de l'être, dont il entrevoit la grandeur, ou bien dont il semble avoir la nostalgie. [...] Or le souverain soupçonne que d'un changement radical dans sa manière d'être dépend la valeur même du pardon. Il comprend que ce dernier ne doit plus être placé au niveau de la politique ou de la volonté de puissance, pour qu'il devienne le signe d'une action libre, c'est-à-dire de l'esprit. Le pardon accordé sera la manifestation passionnée d'une spiritualité conquise sur une vie jusqu'alors fonctionnelle. Il traduira, chez Auguste, un changement radical, en profondeur, dans sa manière de voir et de comprendre les choses ; il ouvrira au conquérant un univers où la force n'a plus de pouvoir, où l'esprit commence son règne.

Ainsi le combat d'Auguste n'est pas d'ordre politique (conservation du pouvoir), ni d'ordre moral (punir ou pardonner) ; c'est un conflit entre la puissance et la valeur, résolu de façon satisfaisante par un renversement total chez Auguste de la façon de comprendre la puissance ; l'esprit "qui se ramène en soi" opère ce transfert de la puissance à l'être et ce passage de l'ordre du monde à celui de l'esprit. Auguste, de toute évidence, sur la fin de son effort généreux, est marqué de cette passion spirituelle qui dans le personnage politique fait surgir un homme nouveau, inconnu de lui-même et des siens. »

Octave Nadal, *Le Sentiment de l'amour dans l'œuvre de Pierre Corneille*, Gallimard, 1948, p. 197-199.

« On présente, d'ordinaire, le dilemme* de Cinna comme un cas de conscience "sentimental" : devant la confiance d'Auguste, qui s'en remet à lui de son destin et de celui de Rome, il serait réduit à trahir la vengeance d'Émilie ou l'amitié d'Auguste. Il serait, en quelque sorte, partagé entre deux loyautés, entre deux amours. Il serait déchiré par cette équivalence affective. Or il n'en est rien, et l'on n'a pas pris garde qu'en choisissant finalement Émilie contre Auguste, Cinna n'éprouve pas du tout de la *douleur* (comme Curiace, divisé entre Camille et Albe, et choisissant Albe), mais, ce qui est bien différent, du *remords* : "Je sens au fond du cœur mille remords cuisants" (III, 2, vers 803). Fait capital : car le remords, que condamnait Descartes, "vient du doute qu'on a qu'une chose qu'on fait ou qu'on a faite *n'est pas bonne*" (*Traité des passions*, article 177). Curiace souffre de son choix, il ne s'en repent pas un instant. Cinna, au contraire, se repent parce qu'il a parfaitement conscience d'avoir fait le mauvais choix, d'avoir décidé *contre sa raison même*, en optant pour l'amour. [...] Le "service" d'Émilie, la "servitude amoureuse", qui faisait le seul but de Cinna au début de la pièce, est à présent ressenti par lui comme un asservissement réel. [...] En un mot, Cinna a conscience, et il le dit lui-même avec franchise à plusieurs reprises, de commettre une "lâcheté", et là-dessus, l'affranchi de Maxime, Euphorbe, nous éclaire avec une impitoyable pénétration :

"Craignez tout d'un esprit si plein de lâcheté.
L'intérêt du pays n'est point ce qui l'engage...
Il aimerait César, s'il n'était amoureux..." (III, 1, vers 745-747).

Contrairement au contresens flagrant de l'interprétation traditionnelle, la lâcheté de Cinna n'est pas, malgré ses sentiments républicains, de contribuer par ses conseils au maintien de la monarchie : *elle consiste, en dépit de ses convictions monarchiques, à agir, par amour, en républicain.* »

Doubrovsky, Corneille et la dialectique du héros,
Gallimard, collection TEL, p. 196-197.

« Tragédie politique, au sens le plus profond du terme, *Cinna* évite au dernier moment la tragédie, grâce à la politique... Ce n'est pas assez pour Auguste d'être justifié comme homme, il faut qu'il soit *providentiel.* »

Op. cit., p. 217.

« [...] la particularité de Cinna est qu'il est un héros empêché de prouver en actes son héroïsme. La générosité d'Auguste a suspendu son bras au moment où il allait le frapper et instaurait par là son statut "positif" ; la trahison de Maxime le suspend une nouvelle fois en l'empêchant de mourir glorieusement et lui ôte ainsi la possibilité de devenir ne serait-ce qu'un héros "négatif". Ce n'est pas tout : la clémence d'Auguste, pour finir, le prive même du supplice qu'il s'apprêtait à affronter avec constance et qu'il réclamait même dans un élan de "magnanimité" (vers 1557). Et cette entrave réitérée à son héroïsme révèle en même temps comment Corneille a résolu dans cette pièce le problème de la tragédie héroïque : vouloir agir et ne pas pouvoir agir. »

Georges Forestier, Essai de génétique théâtrale –
Corneille à l'œuvre, Klincksieck, 1996, p. 215.

« [...] pour moi, *Cinna* n'est pas seulement une pièce politique. C'est un grand poème baroque*, une tragédie romanesque qui débouche sur une illumination, un éblouissement. La maîtrise du héros le fait accéder à la légende, pérennité de la mémoire des hommes. Il n'y a donc pas lieu de concevoir, à proprement parler, de décor ; l'abstraction, le symbole, l'épure, sont, lorsqu'il s'agit de dépasser le réalisme, préférables et suffisants. Pour en terminer avec la question du lieu, je voudrais toutefois préciser que l'idéal serait pour moi que l'espace limité et lumineux de l'action soit cerné par un espace illimité et obscur, symbolisant à la fois le cosmos et le néant. Car, à l'instar de celle de Shakespeare, l'œuvre de Corneille me semble s'ouvrir à ces dimensions. »

Simon Eine, in Cahier programme du Cycle Corneille,
Théâtre national de l'Odéon, 1975, p. 118.

« [...] la seule vengeance du magnanime, c'est le pardon, qui accroît encore sa créance sur ses offenseurs. À plusieurs reprises, Lucain avait montré dans *la Pharsale* avec quelle générosité, confiant à l'imprudence, Pompée le Grand avait pratiqué cette vertu. Dans *Cinna*, les deux conjurés, ayant reçu, après tant de bienfaits, la vie des mains d'Auguste, ne peuvent s'acquitter qu'en la lui offrant. La dynamique du don entre âmes généreuses joue ici, comme elle jouera à la fin de *Polyeucte*, sur le plan supérieur. Mais d'autre part, en héritant des vertus de Pompée, Auguste a identifié désormais de façon éclatante l'idéal impérial à celui des derniers héros de la république.
Sous les yeux d'Émilie et de Cinna, ce qui n'était jusque-là chez eux que grandiloquence républicaine devient en Auguste chair et vie. »

Marc Fumaroli Héros et orateurs,
Droz, 1990, réédition 1996, p. 343.

« Le peu d'intérêt apparent de nos contemporains pour la chose publique, la suspicion qui pèse sur les mobiles intimes, "inavouables", des chefs politiques, coupables aux yeux de l'opinion de n'obéir qu'aux seuls appétits de leur ambition, la dégradation des comportements au sein de la Cité, le scepticisme général enfin, sont-ils susceptibles de nous faire entendre utilement ce beau poème dramatique de Pierre Corneille ?
La France de cette première moitié du XVIIᵉ siècle sort exsangue des guerres de Religion. La misère est grande dans les villes, dans les

campagnes. Les révoltes y sont nombreuses et violemment réprimées. Les princes, les seigneurs, opposent une vigoureuse résistance à l'érosion de leurs privilèges féodaux. L'unité du pays reste à faire. Richelieu s'y emploie avec conviction, détermination et *sévérité*.

Dans le même temps, Machiavel se demandait "s'il valait mieux être aimé que craint, ou craint qu'être aimé". Il est répondu que "sans doute il vaudrait mieux être l'un et l'autre ; mais que comme il est difficile d'être les deux ensemble, le plus sûr est donc d'être craint". Au réalisme politique, au cynisme et à la prudence, Corneille oppose la plus audacieuse révolution des esprits. C'est à une complète métamorphose des mentalités qu'il convie les hommes de son temps. […] Nous pensons que *Cinna ou la Clémence d'Auguste* apporte une contribution non négligeable à la qualité de notre débat politique. »

Jean-Claude Drouot, metteur en scène [avec Annette Barthélemy] *de Cinna* et interprète du rôle d'Auguste (1993).

Mises en scène
et interprétations de *Cinna*

1685 : à la Comédie-Française. Auguste : Champmeslé ; Cinna : Baron ; Émilie : Mlle Champmeslé.

1770 : à la Comédie-Française. Auguste : Brizard ; Cinna : Le Kain ; Émilie : Mlle Dubois.

1802 : à la Comédie-Française. Auguste : Monvel ; Cinna : Talma ; Émilie : Mlle Raucourt.

1832 : à la Comédie-Française. Auguste : Joanny ; Cinna : Beauvallet ; Émilie : Mlle Martin.

1860 : à la Comédie-Française. Auguste : Beauvallet ; Cinna : Guichard ; Émilie : Mlle Devoyod.

1901 : à la Comédie-Française. Auguste : Silvain ; Cinna : Fenoux ; Émilie : Mlle Dudlay.

1916 : à la Comédie-Française. Auguste : Silvain ; Cinna : Albert Lambert fils ; Émilie : Mme Segond-Weber.

Mars 1939 : à la Comédie-Française. Mise en scène de René Alexandre. Auguste : Chambreuil ; Cinna : Pierre de Rigoult ; Émilie : H. Barreau.

1946 : mise en scène de Charles Dullin au Théâtre Sarah-Bernhardt avec Lhorca : Cinna ; Vanderic : Auguste ; C. Martin : Maxime ; Éléonore Hirt : Émilie.

1954 : au TNP. Mise en scène de Jean Vilar avec Jean Vilar dans le rôle d'Auguste et Sylvia Monfort dans le rôle d'Émilie.

1956 : à la Comédie-Française, mise en scène de Maurice Escande avec Auguste : Maurice Escande ; Cinna : André Falcon ; Émilie : Th. Marney ; Maxime : P.E. Deiber ; repris en 1964 avec la même distribution.

1962 : théâtre Sarah-Bernhardt avec Jean Davy dans le rôle de Cinna.

1963 :
- à la télévision : réalisation de Kerchbron, avec Geneviève Casile : Émilie et Claude Giraud : Cinna.

Interview de Kerchbron : (*Cinna*) « C'est la tragédie de l'homme seul. Auguste est seul, Cinna est seul. Maxime aussi. Tous sont seuls avec leurs problèmes. »
- représentation de *Cinna* à la télévision avec la troupe de la Comédie-Française et Michel Etcheverry dans le rôle d'Auguste.

1965 : théâtre Récamier, mise en scène de Jean-Pierre Miquel.

1971 : comédie-Française ; mise en scène de Maurice Escande, avec Auguste : Maurice Escande ; Cinna : Simon Eine ; Émilie : Ch. Fersen.

1975 : au Petit Odéon, mise en scène de Simon Eine avec Auguste : Michel Etcheverry ; Cinna : Francis Huster ; Émilie : Catherine Hiegel.

Mars 1984 : comédie-Française ; mise en scène de J.-M. Villégier avec Michel Vitold dans le rôle d'Auguste ; Claude Winter : Livie ; Richard Fontana : Maxime ; Marcel Bozonnet : Cinna ; Claude Mathieu : Émilie.

La représentation de *Cinna* est diffusée en direct de Rouen sur France Culture le 13 octobre 1984. À l'entracte, entretien en direct de J.-M. Villégier avec Jean-Loup Rivière et Raymond Acquaviva.

Décembre 1993 : au Théâtre 13, par la compagnie J.-C. Drouot ; mise en scène J.-C. Drouot et Annette Barthélemy, avec Auguste : J.-C. Drouot ; Laurent Natrella : Cinna ; Muriel Gorius : Émilie.

Octobre 2000-janvier 2001 : à la Comédie-Française. Mise en scène de Simon Eine, avec Auguste : Simon Eine ou Jean-Claude Drouot ; Émilie : Véronique Vella ; Livie : A. Aveline ; Cinna : Christian Cloarec.

Costume d'Émilie. Dessin de Rodicq
pour la mise en scène de Charles Dullin.

Costume de Cinna. Dessin de Rodicq
pour la mise en scène de Charles Dullin.

Cinna. *Mise en scène de Charles Dullin - Théâtre Sarah-Bernhardt, 1947.*

Compléments notionnels

Action
Ce qui se passe sur scène et qui comporte un début, un milieu et une fin.

Allégorie
Personnification d'une abstraction.

Allitération
Répétition d'un même son consonantique dans un vers ou dans une phrase.

Anaphore
Répétition d'un même mot ou d'une même expression en tête de vers ou de phrase.

Antiphrase
Expression d'une idée par son contraire.

Antithèse
Figure de pensée opposant fortement deux idées.

Aparté
Parole brève – réplique – d'un personnage qui se parle à lui-même sur scène sans que ses interlocuteurs l'entendent.

Assonance
Répétition d'un même son vocalique dans un vers ou dans une phrase.

Asyndète
Juxtaposition sèche de propositions, sans lien entre elles.

Baroque
Art de l'illusion et du trompe-l'œil, le baroque recherche le contraste, les irrégularités.

Bienséance
Règle du théâtre classique qui veut qu'on ne choque pas la sensibilité du spectateur par un spectacle jugé inconvenant sur scène (trivialité, mort violente).

Catharsis
Purgation des passions : en éprouvant crainte et pitié, le spectateur doit sortir ensuite soulagé du spectacle tragique.

Chiasme
Figure de présentation inversée et symétrique de l'ordre des mots dans une expression.

Cliché
Image usée, devenue stéréotypée.

Comique
Qui fait rire.

Confident
Personnage qui écoute et fait valoir le héros tragique.

Coup de théâtre
Renversement de situation très inattendu.

Connotation
Sens implicite, de nature métaphorique, en rapport avec le contexte.

Déictique (ou embrayeur)
Mot qui signale la place de l'énonciateur dans le discours.

Dénotation
Ensemble d'éléments stables et permanents du sens d'un mot (par opposition à la connotation).

Dénouement
Fin de l'action de la pièce par la résolution des difficultés ou l'accomplissement définitif des malheurs.

Dialogue
Ensemble de l'échange des répliques et des tirades entre les personnages.

Didascalie
Indication de l'auteur qui ne fait pas partie du dialogue et qui concerne les personnages, le décor, la mise en scène, le jeu des acteurs.

Dilemme
Choix difficile entre deux possibilités.

Dramatique
Qui concerne l'action théâtrale.

Dramaturgie
Art de composer une pièce de théâtre.

Ekphrasis
Animation d'un développement descriptif.

Emploi
Type de rôle confié à un comédien qui présente les caractéristiques physiques requises (le père, l'amoureux, l'ingénue…).

Enchaînement des répliques
Manière dont les propos s'enchaînent au théâtre (question/réponse, reprise sur le mot, reprise sur l'idée).

Énoncé
Résultat de l'énonciation.

Énonciation
Tout acte individuel de mise en œuvre de la parole. Au théâtre, cette énonciation est toujours double : les personnages se parlent entre eux, mais leur parole est aussi reçue par le public.

Éponyme
Qui donne son nom à (Cinna donne son titre à la pièce de Corneille).

Exposition
Premier moment de l'action, présentant la situation de la pièce.

Gestuelle
Utilisation symbolique du corps au théâtre.

Hyperbole
Présentation délibérément excessive de la réalité.

Hypotypose
Animation d'un récit, destinée à donner l'illusion du réel.

Intrigue
Réseau de relations entre les personnages de la pièce.

Ironie
Manière de s'exprimer qui fait entendre bien autre chose que ce qu'on dit.

Liaisons des scènes
Manière dont les scènes s'enchaînent au théâtre : déterminées par l'entrée ou la sortie d'un personnage, elles peuvent être marquées par une rencontre ou un départ (liaison de recherche ou de fuite).

Libertinage
Manière de vivre du libertin, qui manifeste son indépendance d'esprit par rapport aux enseignements du christianisme. Par extension, manière de vivre dissolue et raffinée.

Machiavélisme
Caractère subtil et retors.

Matamore
Personnage ridicule de soldat fanfaron dans la commedia dell'arte ; faux brave.

Métaphore
Figure qui consiste à remplacer une notion par une autre en vertu d'un rapport de ressemblance supposée (la flamme pour l'amour).

Métonymie
Figure qui consiste à remplacer une notion par une autre en vertu d'un rapport de proximité supposée (le cœur pour l'amour).

Modalisateurs et modalisation
Marques de la subjectivité de celui qui parle dans sa parole, en termes de vérité (probablement), d'affectivité (heureusement), de valeur (magnifiquement).

Monologue
Tirade développée par un personnage seul sur scène.

Nœud
Obstacle principal qui détermine l'action de la pièce.

Oxymore
Alliance de deux termes de sens opposés dans la même expression (« obscure clarté »)

Paradoxe
Idée contraire aux opinions communément admises.

Paraphrase
Reprise développée d'un texte.

Paratexte
Discours encadrant le texte (titres, préface, etc.).

Pathétique
Ce qui provoque l'émotion.

Périphrase
Groupe de mots pour exprimer une notion que pourrait évoquer un mot unique.

Péripétie
Renversement de situation.

Pièce à machines
Pièce où décor mobile joue un grand rôle.

Poétique
Théorie de la création littéraire.

Polyphonie
Combinaison de différentes voix dans un même discours.

Préciosité
Mode et langage codés au XVIIᵉ siècle.

Prosopopée
Figure qui consiste à faire parler ce qui ne peut parler (une idée, un mort).

Réplique
Parole brève d'un personnage, inséparable d'un échange.

Rhétorique
Art de bien dire, de convaincre ou de persuader par une technique efficace.

Stichomythie
Réplique vers à vers, en général dans le cadre d'un affrontement tragique.

Tragique
Ce qui montre l'écrasement de la liberté humaine par une nécessité plus haute.

Unités
Règle du théâtre classique qui voulait, qu'au nom de la vraisemblance, l'action, le lieu et le temps soient le plus possible resserrés sur scène.

Vraisemblance
Règle d'or du théâtre classique qui veut que ce qui se passe sur scène puisse passer pour vrai, ne choque pas l'esprit.

Lexique historique

Antoine
Petit-fils d'un orateur admiré par Cicéron, Marcus Antonius conseille à Jules César d'envahir l'Italie en 49. Il participe à la bataille de Pharsale en 48. Peut être a-t-il provoqué l'assassinat de César en lui offrant une couronne de laurier lors de la fête des Lupercales en 44 av. J.-C. et il a

meute le peuple contre Brutus et Cassius par son oraison funèbre. Triumvir en 43, il fait exécuter Cicéron (voir Proscriptions) et, dans le partage du monde, il reçoit l'Orient et la Grèce. La bataille navale d'Actium, en 31, marque le triomphe d'Octave sur Antoine, qui se suicide.

Auguste

Voir Octave. Il s'agit d'un titre et non d'un nom propre : Auguste est habilité à prendre les augures, en observant le vol des oiseaux, comme l'avaient fait Remus et Romulus à la fondation de Rome.

César

Ce mot désigne dans le texte, tantôt Jules César, le conquérant de la Gaule, qui battit son rival Pompée, chef légal de Rome, en Grèce en 48 av. J.-C., tantôt Octave Auguste, fils adoptif de Jules César, tantôt la dynastie des « Césars » qui inspire à l'historien Suétone sa *Vie des douze Césars*.

Consuls

Les deux magistrats, élus pour un an, qui dirigeaient la politique romaine sous la République. À partir de 48 av. J.-C., le consulat n'est plus qu'un titre honorifique ; Auguste le maintient pour entretenir l'illusion d'un régime démocratique.

Démocratie

Étymologiquement, pouvoir du peuple. Dans l'Antiquité, seuls votent les hommes libres. À Rome, c'est l'armée qui vote, et le système électoral donne la majorité aux riches – ceux qui peuvent s'offrir un équipement militaire.

Monarchie

Le mot désigne le pouvoir d'un seul, mais tempéré par une tradition, des lois fondamentales, ce qui l'oppose à la dictature. Les Romains sont hostiles à la monarchie depuis que Brutus l'ancien a, en 509, chassé le roi étrusque Tarquin le Superbe. C'est pourquoi Octave Auguste, habile politique, introduit son pouvoir avec beaucoup de dissimulation, en n'affectant de n'être que le premier des sénateurs (princeps : à l'origine du mot « prince ») et en consultant ses sujets (voir *Cinna*, acte II, scène 1) à propos de son maintien au pouvoir ou de son abdication.

Octave

Nom d'origine de l'empereur Auguste. Caius Julius Caesar Octavianus, né en 63 (l'année où le grand orateur Cicéron réprime la conjuration de Catilina, soutenue discrètement par César), a été, dès l'âge de 19 ans, l'héritier de son grand-oncle Jules César. Il dispute le pouvoir à Antoine, consul en 44 av. J.-C. et général en chef de César, qui prononça l'oraison funèbre de celui-ci. L'armée d'Octave Auguste finit par remporter une victoire décisive sur la flotte d'Antoine et de Cléopâtre à la bataille d'Actium, au nord-ouest de la Grèce, en 31 av. J.-C. : cette victoire est célébrée comme celle de l'Occident républicain sur l'Orient monarchique ; elle marque surtout le triomphe d'Octave qui réunit dans ses mains tous les pouvoirs ; la République romaine est bien morte, même si le régime conserve une apparence démocratique, avec élection de magistrats.

Pompée

Grand-père de Cinna, Pompée est appelé le « grand » (Pompeius Magnus), notamment par le poète Lucain dans son épopée *la Pharsale* parce que, bon général, il sut achever brillamment des campagnes militaires amorcées par d'autres. Lorsque César, en 49, pénétra illégalement en Italie, il organisa mal la lutte contre lui, passa en Grèce et se fit battre en juillet 48 à Pharsale, en Thessalie. Après son assassinat sur l'ordre du roi d'Égypte Ptolémée, son fils cadet Sextus (Sexte dans la tragédie) reprit le combat et fut vaincu à Munda, en Espagne (45 av. J.-C.), puis sur mer au large de la Sicile (36 av. J.-C.).

Proscription

Les proscriptions sont des listes d'opposants dont la tête est mise à prix. Ils sont « interdits d'eau et de feu » ; en d'autres termes, quiconque leur offre l'hospitalité est lui-même proscrit. Le plus illustre de ces proscrits est Cicéron ; le terme sera repris au XIXᵉ siècle par Victor Hugo pour désigner des exilés politiques hostiles au second Empire de Napoléon III.

République, républicain

À l'origine, le mot désigne en latin l'État ; mais le mot républicain désigne chez Corneille ceux qui contestent le pouvoir d'un seul (monarchie, dictature). La république romaine s'oppose aux monarchies orientales dont la plus connue est celle de Cléopâtre en Égypte.

Le parti républicain est composé en grande partie d'aristocrates qui voudraient se partager le pouvoir. À l'opposé, des aristocrates comme Sylla et Jules César s'appuient sur la plèbe, à laquelle ils offrent du pain et des jeux, pour exercer un pouvoir sans limites.

Sénat

Étymologiquement, conseil des anciens, le sénat est composé d'anciens magistrats et vote les lois, prend les décisions importantes comme l'octroi des pleins pouvoirs aux consuls en cas de danger pour la république.

Triumvirs, triumvirat

Les triumvirs sont trois hommes politiques particulièrement puissants qui s'allient pour s'emparer du pouvoir. On distingue traditionnellement deux triumvirats celui de 60 av. J.-C. qui associe Pompée, Jules César et le riche Crassus ; celui de 43 av. J.-C. entre Octave, Antoine et Lépide (vers 192). Ce sont les « trois tyrans » du vers 222. L'accord peut être jugé « funeste aux gens de bien » en deux sens : la liste des proscriptions repose sur l'abandon mutuel des alliés de l'un à la vengeance de l'autre. Le cas le plus célèbre est celui de Cicéron : républicain modéré, il croit naïvement qu'Octave va défendre le sénat et la république et il écrit contre Antoine de très violentes *Philippiques*. Octave l'abandonne alors à la vengeance d'Antoine et il est assassiné en 43 av. J.-C. par des hommes de main d'Antoine. Il faut aussi rappeler que les « gens de bien » sont un parti politique constitué de possédants modérés attachés à la paix civile et que Cicéron a voulu fédérer.

Chronologie

509 av. J.-C.
Brutus l'ancien chasse de Rome le roi étrusque Tarquin le Superbe et proclame la république dont il sera le premier consul. Cette date, avec la fondation de Rome, sert d'origine au calendrier romain. On compte les années après l'expulsion des rois.

246-146
Guerres puniques entre Carthage (près de l'actuelle Tunis) et Rome pour la domination du bassin méditerranéen. Carthage est rasée en 146 av. J.-C.

107
Réforme militaire de Marius : ce général issu du peuple introduit les prolétaires – ceux qui n'ont pas d'autre richesse que leurs enfants – dans l'armée romaine, jusque-là composée de petits paysans propriétaires. Cette réforme est à l'origine des guerres civiles : les soldats deviennent plus attachés au chef qui leur procure des pillages qu'à Rome même.

83-82
Rome était interdite à l'armée, sauf en cas de triomphe. Par deux fois, le général Sylla l'occupe avec ses troupes, massacrant ses adversaires.

78
Sylla se retire près de Naples ; la terreur qu'il inspire est telle que, devenu simple particulier, il n'est pas inquiété et meurt dans son lit.

60
Premier triumvirat entre Jules César, Pompée, Crassus.

49-48

Jules César, ne voulant pas rentrer à Rome en simple particulier après la conquête de la Gaule, envahit l'Italie avec son armée. Pompée passe en Grèce et il est battu à Pharsale en juillet 48, puis assassiné en Égypte.

45

Défaite de Sextus Pompée à Munda ; Jules César maître du monde.

44

Le 15 mars, menés par Brutus (« Brute ») et Cassius (« Cassie »), des sénateurs assassinent Jules César en plein sénat.

43

Deuxième triumvirat entre Octave, Lépide et Antoine.

42

L'armée de Brutus et Cassius est vaincue par Antoine et Octave à la bataille de Philippes, en Thessalie.

40

Octave fait massacrer les habitants de Pérouse, partisans d'Antoine dans la province d'Ombrie, non loin du Tibre.

31

Octave Auguste remporte sur la flotte égyptienne d'Antoine et Cléopâtre une victoire décisive Actium, sur la mer Adriatique.

30

Mort de Marcus Aemilius Lepidus accusé d'avoir conspiré contre Auguste.

29

Auguste, maître du monde, cumule tous les pouvoirs, en particulier ceux de l'imperator (commandant en chef) d'où vient notre mot « empereur » et de grand pontife, c'est-à-dire de chef suprême de la religion romaine.

23

Murena, consul en même temps qu'Auguste, dénonce ses abus de pouvoir ; il est exécuté en même temps que Cépion, chef de la conjuration contre Auguste.

20

Egnace (Egnatius) se porte candidat au consulat contre Auguste ; il est exécuté.

6

Date probable de la conspiration de Cneius Cornelius Cinna, petit-fils de Pompée.

5

Cinna consul.

14 apr. J.-C.

Mort d'Auguste : il obtient l'apothéose (il est censé devenir un dieu).

Sur le théâtre au XVIIᵉ siècle

• Antoine Adam, *Histoire de la littérature française au XVIIᵉ siècle*, Domat, 1954, réédition Del Duca, 1962, vol. I, pp. 528-535.

• Pierre Bénichou, *Morales du grand siècle*, Gallimard, 1948, réédité dans la collection Folio essais.

• René Bray, *La Formation de la doctrine classique*, 1927, réédité chez Nizet en 1966.

• Marc Fumaroli, *Héros et orateurs*, Droz, 1996.

• Suzanne Guellouz *Le Théâtre au XVIIᵉ siècle*, Bréal, coll. Amphi Lettres, 2002.

• Jacques Morel, *La tragédie*, A. Colin, collection U, pp. 40-48.

• Jacques Scherer, *La Dramaturgie classique*, Nizet.

Sur Corneille

• Georges Couton, *Corneille et la tragédie politique*, PUF, collection « Que sais-je ? ».

• Serge Doubrovsky, *Corneille et la dialectique du héros*, Gallimard, 1963, réédité dans la collection TEL (n° 64), notamment pp. 185-221, « Cinna ou la conquête du pouvoir ».

• Bernard Dort, *Pierre Corneille dramaturge*, L'Arche, 1957.

• Georges Forestier, *Essai de génétique théâtrale, Corneille à l'œuvre*, Klincksieck, 1996.

• Octave Nadal, *Le Sentiment de l'amour dans l'œuvre de Pierre Corneille*, Gallimard, 1948, chapitre X, pp. 196-199.

• Michel Prigent, *Le Héros et l'État dans la tragédie de Pierre Corneille*, PUF, 1986, réédité dans la collection « Quadrige ».

• *Journées Corneille en Sorbonne*, « Littératures classiques », volume 32, éditions SLC, 1998.

Éditions de *Cinna*

• *Œuvres de P. Corneille*, édition par Ch. Marty-Laveaux, tome troisième, Hachette, 1862 : édition de référence pour l'établissement du texte pp. 359-462.

• *Cinna*, édition d'Alain Couprie, Livre de poche, Hachette, 1987.

• *Cinna*, édition de Georges Forestier, Gallimard, Folio théâtre n° 10.

• *Cinna*, édition de Christian Biet, LGF classique théâtre, 1987.

CRÉDIT PHOTO : p. 7 © Archives Larbor • p. 11 © Archives Larbor • p. 25 © Archives Larbor • p. 42 © Archives Larbor • p. 52 © Archives Larbor • p. 54 © Archives Larbor • p. 177 © Archives Larbor • p. 212 © Archives Larbor • p. 213 © Archives Larbor • p. 214 © Archives Larbor/Penguerrand/Bernand.

Compogravure : P.P.C. – Imprimé en France par Mame à Tours N° 03122220.
Dépôt légal : janvier 2004. - N° de projet : 10108094 - Janvier 2004.